PASTAPRINSEN

Till

Elina, Emil, Harry och Lykke.

Ni har gjort mitt liv helt fantastiskt.

Anders Mattias Eliasson

PASTAPRINSEN

Förlag: BoD · Books on Demand, Stockholm, Sverige
Tryck: Libri Plureos GmbH, Hamburg, Tyskland
ISBN: 978-91-8097-641-1

ETT.

Den morgonen stod Karl-Fredrik i hallen, som vilken annan morgon som helst. Istället för att leta reda på ett skohorn, tryckte han ned foten i skon så att ovansidan av hälkappan vek sig mot hälen.

– Jävla skit, muttrade han, stressat.

Han böjde sig mödosamt ner och löste problemet genom att trycka in sitt finger mellan skon och hälen och dra den till rätta. Sedan ropade han puss och hejdå till sin fru, Stina som ännu låg kvar i sängen, innan han gick ut genom ytterdörren. Han dröjde en kort stund på garageuppfarten och vände sig mot familjens vita villa där de bott sedan slutet av 1990-talet. Den här morgonen fanns det ingen tid att stå och vara sentimental. Han behövde ge sig av på en gång.

Bilen hann bara backa några meter innan fordonet exploderade med en öronbedövande smäll, för att sedan brinna som ett klot av eld, samtidigt som svart, tjock rök vällde upp mot den blå morgonhimlen.

Smällen ljöd lång väg och rutorna på huset blåstes ur av tryckvågen. Stina flög upp ur sängen, virade täcket runt sig och gick ut genom ytterdörren. Bilen stod i ännu tilltagande lågor och där inne satt hennes man, pappan till hennes barn svårt bränd, nästan förkolnad, död.

Det fanns ingenting hon kunde göra. Han var bortom all räddning, det såg hon på långt håll. En granne hade ringt larmnumret och en av polisens radiobilar var där efter 5 minuter.

Den förste polisen möttes av en till synes apatisk kvinna, som satt på farstukvisten, med isblå, tomma ögon. Det var Stina. Polismannen skyndade fram till henne.

– Hallå! Är du oskadd? Hallå? Finns det fler personer i huset? Finns det någon annan som kan ha skadats?

Barnen, hon hade alldeles glömt av barnen.

– Där inne… sa Stina medan hon fortsatte se på hur kroppen av hennes man brändes i bilen.

Han sprang förbi henne in i huset. Den andre polismannen stannade med henne och fortsatte ställa frågor, men det var som om hon inte hörde någonting.

Den förste polisen letade igenom huset. I ett rum med en våningssäng, ett fyrtiotal gosedjur och överfulla leksaksbackar, hittade han två små blonda barn, en pojke som inte kunde vara mer än 6 år och en flicka som var några år yngre. Pojken höll om sin lillasyster, som för att skydda henne. Flickan skrek och grät, men pojken rörde inte en min.

– Hej. Jag heter Anders och är polis. Jag förstår om ni är väldigt rädda, sa polismannen och satte sig på huk intill barnen.

Pojken stirrade på honom, med samma tomma blick som sin mamma ute på farstukvisten, medan flickan fortsatte gömma sig i sin brors armar. Trots att glasskärvorna från fönsterrutorna fullkomligt regnat runt de båda barnen, verkade de vara fysiskt oskadda.

– Är du en mördare? sa pojken försiktigt. Tänker du mörda oss?

– Nej, självklart inte. Var inte rädda. Jag är som sagt polis. Poliser är snälla. Varför skulle jag vara mördare?

– För att du har pistol. Det har mördare.

Anders tog sig lite närmare barnen. Han försökte stryka flickans hår. Hon ryckte till och gallskrek. Anders tappade balansen och ramlade omkull. Då slet sig pojken från sin syster och kastade sig över honom. Anders avvärjde pojkens attack så lugnt och sansat han kunde, och lade sina armar runt honom.

– Lyssna på mig. Jag är snäll, allt ska bli bra, ingenting ska hända er, tröstade han.

Nu började pojken gråta. Anders kramade försiktigt om honom. Då kom nästa attack. Pojken bet Anders i kinden, riktigt hårt. Han höll kvar bettet.

– Aj va fan, släpp! Släpp!

Pojken låste bettet ännu hårdare och Anders kände hur det gick hål i kinden och hur blodet började rinna. Pojken släppte samtidigt som deras mamma kom in i rummet med ytterligare en polis i likadan uniform som den första.

– Mamma! skrek barnen och kastade sig runt hennes ben. Kvinnan tittade slött på Anders innan hon vände sig till pojken.

– Jävla unge, du ska inte bitas, väste hon innan hon återigen blev tyst och likt en vålnad gick in i sovrummet, med barnen i släptåg och stängde dörren.

De båda poliserna förblev stående i barnens rum en kort stund, blodet rann nedför Anders ansikte, medan han letade i sina fickor efter något som kunde stilla blodflödet. Den andre polismannen, Magnus Lindgren gick till familjens kök och hämtade en rulle hushållspapper, som han räckte över till Anders, innan de återvände ut till gårdsplanen, som nu var full av utryckningsfordon och där fler kollegor nu anlänt. Anders gick fram till kommissarie Hans Bolinder, som stod och såg på när brandmännen försökte släcka den brinnande bilen.

– Jaha, Anders. Att den här dagen skulle komma, kunde man satsat en årslön på, sa den skäggige kommissarien.

– Vem tror du ligger bakom?

– Ja du, det kan vara precis vem fan som helst.

TVÅ.

15 år senare.

Kommissarie Anders Johansson satt på sitt kontor i polishuset och andades ut efter att ha bistått ordningspolisen, hemvärnet och Missing people i sökandet efter en äldre dam, som försvunnit i utkanten av staden.

Anna Pettersson, 85 år, hade senast synts till på det lokala *Hemköp* med en stor resväska dagen före, efter att ha lämnat sin bostad tidigare samma kväll. De hade letat igenom varje vattendrag, uthus och skog inom tre kilometer från affären, men inte hittat henne. Ett mörkt och, än så länge snölöst december hade knappast underlättat sökandet efter den gamla damen.

Anders var 44 år gammal och således en rätt ung kommissarie. Han hade börjat inom ordningen, innan han vidareutbildat sig till hundförare för att sedan kombinera tjänsten som hundförare med att vara den förrförra kommissarien, Hans Bolinders, högra hand på Krim, en tjänst han även hade under Bolinders efterträdare, Thomas Franzén, innan han tog över kommissarierollen då den senare pensionerades, 3 år tidigare.

Anders var 185 cm lång, vägde 90 kilo, hade snaggat hår och ett ganska tydligt bitmärke på ena kinden. Men det var inget bett efter en av polisernas schäfrar, utan ett mänskligt bett efter en chockad liten grabb som just förlorat sin pappa.

Anders hade gjort allvarliga försök att odla skägg för att dölja ärret. Han hade till och med köpt en liten roller med nålar på, som man rullar över det hudområdet man vill ska behåras. Det spelade ingen roll, bitmärket satt för långt upp på kinden, nästan vid ögat så det hade sett konstigare ut om han hade skägg där, och någon plastikkirurgi var det aldrig tal om.

Det var som det var, bitmärket fick helt enkelt sitta kvar och med åren var det inget han tänkte på nämnvärt. Det lackade mot jul och den gamla damen hade varit borta i ett dygn. Anders hade tagit med sin gamle arbetskamrat och inneboende, Hermann, för att hjälpa till med sökandet.

Herrmann var en snart 12 år gammal, pensionerad polishund, en schäfer som tillsammans med Anders gjort många bra år med hundpatrullen och pensionerats i samband med Anders befordran. Anders hade adopterat Hermann vilket både trivdes med alldeles fantastiskt bra.

Förutom den försvunna damen hade inte mycket hänt. Lite skadegörelse, en singelolycka utan skadade och en man som hotat sin granne med en röjsåg, var det enda som hade hänt idag.

Just när Anders skulle åka hem såg han hur två konstaplar plockade ur en man ur piketbilen i akt och mening att denne skulle sova ruset av sig i fyllecellen. Han var väl runt 20 år, långhårig och skäggig. Han gjorde ordentligt motstånd och ropade åt Anders håll.

– Du! Hjälp! Hjälp mig för i helvete!

Kollegorna verkade ha det hela under kontroll så Anders lommade iväg till sin bil medan den unge mannen fortsatte att gasta efter honom.

Anders kom hem. Han gav Hermann en bit falukorv och slog sig ned framför sin TV. På en av kanalerna såg han en repris av ett avsnitt av *c/o Segemyhr*, en serie han ofta tittade på när den gick. I det här avsnittet hade Fredrik träffat en kompis som i slutet visade sig vara nazist.

Han gick och lade sig, men 03:45 vaknade han av att telefonen ringde.

– Ja, svarade han, sömndrucken.

– Hej, det är Elin. Kan du komma till stationen? Det har hänt en grej.

– Vad är det som hänt?

– De har hittat en död kille.

– På stan?

– På stationen, i en fyllecell.

– Jag kommer.

04:07 steg Anders in i cellen. Elin och två andra poliser var redan där, Stefan Lahti och Daniel Ivarsson. På golvet låg den unge man Anders sett i garaget tidigare samma kväll. Det såg ut som om han sov. Anders och Elin vände på honom. Anders tyckte att det var något bekant med mannen, men kunde inte erinra sig varför.

– Vad sa du att han hette? sa Anders till Elin.

– Han heter Karl Jesper Lundin. Tilltalsnamn Jesper. Pappa Lundin var ökänd hos oss. Men honom minns du väl?

– Nä?

– Karl Fredrik Lundin, »Pastaprinsen«, bilbomben 2008. Ringer det nån klocka?

– Ja, givetvis, honom lär jag aldrig glömma. Men då är det ju… Jesper som… som… bet mig.

– Jaha, var det han?

– Ja, och så fanns det en flicka.

– Julia. Ja, usch det är bara hon kvar nu. Mamman återhämtade sig aldrig efter det där. Hon söp ihjäl sig för länge sedan nu.

– Hur vet du det?

– Vi hade samma frisör när jag var liten. Och min mamma med för den delen.

– Okej. Har någon berättat det för Julia?

– Att vi hade samma frisör?

– Nej, för fan. Givetvis inte. Att Jesper är död såklart.

– Nej, vi väntar på jourhavande präst.

– Okej, hur dog han?

– Öh, det vet vi inte, sa Stefan Lahti, en av de båda poliser som stått för själva ingripandet.

– Vet inte? Ramlade han bara ihop eller?

– Nej alltså, han var jävligt bråkig, stressad och rädd. Stirrig som fan. Det blev stökigt. Vi kastade in honom här sen var han liksom bara död när vi skulle titta till honom efter nån timme.

– Liksom bara död?

– Ja.

– Satans amatörer! En ung människa dör väl inte bara hur som helst? Speciellt inte här av alla jävla ställen? Hade han tagit något? Kan han ha begått självmord? Något måste ju för djävulen ha hänt? Fattar ni inte det?

Stefan Lahti och hans kollega Daniel Ivarsson såg ut som skamsna småpojkar, påkomna med att palla äpplen.

– Vi vet inte mer, sa Ivarsson.

– Men då kanske det är dags att ni tar reda på det, eller hur? kontrade Anders.

– Absolut, sa Stefan Lahti.

Vid dörren dök ordningspolisen Lucia Jara, som förberett sig på att lämna dödsbudet upp.

– Hallå? prästen har kommit. Vi åker nu, så ni vet, upplyste Lucia sina kollegor.

– Jag följer med, sa Anders.

– Men, försökte Elin.
– Inga jävla men. Jag följer med.

TRE.

I och med mammans bortgång hade Julia och Jesper blivit placerade i ett familjehem hos ett par i femtioårsåldern. Lars och Margareta Hansson. Och även om Jesper skaffat eget boende, så bodde Julia ännu med dessa.

Makarna Hansson och Julia bodde i ett vackert gammalt tegelhus alldeles i början av Fredrika Doroteas gata i den östra delen av Ormboda.

Trion bestående av Anders, prästen och ordningspolisen Lucia, närmade sig dörren. Lucia ringde på. Ingen öppnade. Hon ringde igen. En lampa tändes och dörren öppnades av en kvinna i karmosinröd morgonrock.

– Hej, är du Margareta Hansson? frågade Lucia.

– Ja, det är jag.

Kvinnan frös till när hon såg att det fanns en präst med i sällskapet. Sen vände hon sig in mot huset och skrek.

– Lasse! Lasse! Kom, det har hänt något förfärligt!

Lars Hansson kom joggandes emot dem samtidigt som han stängde en morgonrock i samma röda nyans som sin frus.

– Kan vi komma in? sa Lucia.

– Ja, stig på, sa Lars Hansson.

De satte sig runt familjens köksbord.

– Vad är det som hänt? sa Lars.

Margareta var lika stel som innan. På gränsen till att brista. Det enda tecknet på att hon inte var en vaxfigur, var hennes darrande underläpp.

– Jesper blev inplockad av ordningspolisen sent igår kväll,
sa Anders.

– Jaha? för vadå?

– Han sattes i en så kallad fyllecell. När vår nattpersonal
skulle titta till honom efter någon timme var han… var
han död.

Nu brast det totalt för Margareta som kastade sig runt hal-
sen på Lars och hon grät och skrek om vart annat.

– Död? Hur dör man i en fyllecell? Och varför i helvete
var han ens där? Jesper drack ingenting. Inte en droppe.
Ni vet väl hur det gick för hans mor? Varför han bott
hos oss? Ni är fel ute. Det kan inte vara Jesper! sa Lars
Hansson.

– Det är Jesper, försäkrade Anders.

– Nej, säger jag! Ut härifrån. Ser ni inte som ni upprör
min fru med det här tramset. Ni misstar er.

Lucia fortsatte.

– Vi hade inte kommit hit om vi inte till hundra procent
var säkra på att den man vi fann för en stund sedan är
Jesper. Vi har full respekt för era känslor, men det är
Jesper.

– UT! skrek Lars.

Trion lämnade huset. Anders såg upp mot övervåningen.
Han fick ögonkontakt med någon. En tjej med lila eller
möjligtvis blått hår. Det måste vara Julia. Anders vinkade.
Tjejen gjorde inte en min. Han blev illa till mods.

När Anders kom hem igen var klockan kvart över sju.
Han tog Hermann i kopplet och gick ut fram och tillbaka.
Sen satte han sig i soffan och somnade.

Anders vaknade återigen av att telefonen ringde.

– Hallå är det Anders Johansson? hördes en kvinna med
östgötsk dialekt i andra änden.

– Ja, det är jag, vem frågar?

– Jag heter Ann-Katrin Dahlström och jobbar som rättsläkare i Sundsvall. Jag väntar på en leverans av en avliden man från er.

– Jaha, den avlidne lär vara framme snart. Det brukar ju gå ganska snabbt. Anders tittade på klockan. 13:03, märkligt. Varför i hela friden ringer hon till mig över det? tänkte han.

– Ja, dom sa att jag skulle ringa till dig. sa kvinnan som om hon läst hans tankar.

– Okej, ja ni får avvakta. De är nog snart där.

FYRA.

Anders gick för att koka kaffe i samma kaffebryggare han fått av sina föräldrar när han flyttat hemifrån. Den sprakade och glappade i tid och otid och kaffet blev aldrig mer än 70 grader. Ibland fick man trycka på knappen 4-6 gånger för att den skulle starta. Lampan var trasig men Anders hade lärt sig att lyssna efter ett speciellt surr.

Telefonen ringde igen. Det var Knut Månsson på stationen.

– Johansson, svarade Anders.

– Hej, det är jag. Du de har hittat en tom likbil på en rastplats utanför Gnarp.

– Gnarp? Det har väl aldrig hänt någonting i Gnarp?

– Ja, det verkar inte bättre. Vi ska dit och ta oss en titt. Ska jag plocka upp dig?

– Gör det. Jag är klar om 10.

De stannade vid rastplatsen. Bilen verkade övergiven. Nyckeln satt i tändningslåset. Ingen chaufför. Ingen kista. Tom. Det hela var mycket konstigt. Fordonet var helt och startade på första försöket. Rastplatsen låg en bra bit från själva byn. Det fanns liksom ingenstans att ta vägen till fots. Om någon gått längs E4an hade någon bilist garanterat ringt polisen, så det kunde i princip uteslutas. Sällskapet, bestående av Anders, Knut Månsson och Sara Krafth, som egentligen mest jobbade med inre tjänst, beslöt sig för att undersöka den närliggande skogen innan bärgningen.

De gick inte mer än 50 meter innan de hittade en kostym-
klädd man, bunden runt ett träd med ett skotthål mellan
ögonen. Avrättad. På kavajslaget satt en namnbricka från
Erikssons begravningsbyrå med namnet Conny Eriksson.
Transportören.

– Vad i hela helvete är det som pågår? sa Månsson.
– Lika bra att jag ringer hit teknikern på en gång, sa Sara
   och lämnade platsen.
– Kan det varit Jesper han hade i bilen? tänkte Anders
   högt. Ring begravningsbyrån och fråga i vilket ärende
   han körde!
– Vi kan väl för fan inte lämna ett dödsbud över tele-
   fon, röt Knut Månsson, surmulet.
– Gör inte det då! Säg inte att han är död. Kolla bara vart
   han skulle. Och i vilket ärende.

Månsson gick tillbaka till bilen för att ringa. Anders stan-
nade vid kroppen och rapporterade till stationen. Ut-
gångshålet i Conny Erikssons bakhuvud var betydligt
större än ingångshålet mellan ögonen, vilket indikerade
att en halvmantlad kula använts. Conny hade även släppt
urin och spytt. Han hade ett märke i tinningen och ner
mot kinden, som gjorde att det såg ut som han blivit slagen
med någon typ av hårt föremål, gissningsvis ett verktyg av
någon form av metall.

Månsson återvände efter ett tag.
– Du hade rätt. Det är killen i cellen han skulle leverera
   till Rättsmedicin.

FEM.

Under de närmaste timmarna rådde kaos. Nyfikna trafikanter skapade trafikstockning på E4an. Och Anders som inte visste i vilken ände han skulle börja. Men han förstod givetvis att det blev uppståndelse när nyheten spreds om att ett lik blivit stulet mitt på dagen på en rastplats längs E4an och dessutom en klassisk avrättning på det. Men fan om man kunde få lite arbetsro.

När Anders närmade sig polishuset såg han pressuppbådet på långt håll. Han beslöt sig för att undvika dem för stunden, parkera i garaget under stationen och ta trapporna upp i polishuset.

Polisen delade den gula tegelbyggnaden med Kronofogden och Trafikverket vilket gjorde det onödigt krångligt att hålla nyfikna reportrar ute. Även om polishuset var stängt för dagen kunde man spatsera in på någon av de andra inrättningarna och leta sig fram till konferensrummet. Men det verkade ingen av dem ännu upptäckt.

– Samling! ropade Anders med myndig stämma till de kollegor som var på plats.

Han satte upp Jespers bild på whiteboardtavlan.

– Jesper Lundin. Död här i huset, sedermera stulen.

– Menar du inte kidnappad? sa Elin.

– Jag tror man måste vara vid liv för att räknas som kidnappad, svarade Anders.

- Borde man inte vara ett barn för att kategoriseras som
  kidnappad egentligen?
- Va?
- Jo men »kid«.
- Känns formuleringen viktig just nu, Elin?
- Nej men…
- Släpp det. Jespers lik blev alltså stulet på rastplatsen. Av
  vem? Varför?
- Borde inte Stefan och Daniel vara med? Det var ju de
  som tog in honom? frågade Månsson.
- Nej, sa Anders de är för insyltade. Något måste gått snett
  vid ingripandet men eftersom kroppen är borta får vi
  vänta med det. Tills den har hittats och undersöks får
  de stanna hemma.
- Vad fan? Menar du att det skulle ligga nån polisbruta-
  litet bakom? Du känner väl grabbarna? Hur fan kan du
  säga så? sa Månsson upprört.
- Nej, jag tror ingenting. Det kan lika gärna vara nån drog
  som kickat in. Men innan vi vet, kan de tyvärr inte vara
  med. Så är det.
Månsson nickade bekymrat. Anders fortsatte.
- Vi kan anta att vi söker någon form av skåpbil eller
  minibuss. Tänk högt nu. Varför stjäl man ett lik och
  framför allt, *vem* stjäl ett lik?
- Nån som vill dölja dödsorsaken givetvis, sa Månsson.
- Möjligt, högst troligt. Någon som har någon annan idé?
  sa Anders.
- Han kanske tillhörde något gäng och hade en sån där
  gängtatuering! föreslog Elin.
- Kanske det.
- Kan det vara en insidergrej? Kan det vara Säpo? flikade
  Lucia in.

– Visst, eller MI6 eller CIA va? sa Månsson ironiskt.

– Ja, sånt händer faktiskt, kontrade Lucia.

– Struntprat, svarade Månsson surt.

– Faktum är att han dog hos oss, här i huset. Det vet du.

– Ni har sett för mycket på TV. Läst för många deckare, men gjort alldeles för lite riktigt polisarbete. Det här är Ormboda, inte Chicago.

– Hur länge ska han få hålla på så här? Hur länge ska han på sitta där på gubbhyllan och nedvärdera precis allt vi tjejer säger? sa Lucia vädjande till Anders.

– Nedvärdera? Jag säger väl för fan bara som det är. Ju förr lilla fröken inser det, desto bättre! grymtade Månsson.

Anders suckade.

– Vi kommer inte längre här. Du, Månsson, kollar upp stulna minibussar och andra möjliga fordon. Du, Lucia ringer till familjehemmet och ber dem komma hit med det samma. Du, Elin hänger med mig och övriga fortsätter med sitt. Ingen säger något till media. Förstått?

Anders och Elin gick in på Anders kontor.

– Jag har alltid litat på ditt omdöme, Elin. Vad tror du?

– Jag vet inte. Har Jesper blivit intagen tidigare?

– Oklart, vad då då?

– Det är något som är skumt. Jag tänkte om vi hade några fingeravtryck eller DNA?

– Tala ur skägget, Elin.

– Eh, jag tänkte fel. Det var inget.

– Säker?

– Ja. Vänta ska jag gå och kolla om hans grejer är kvar.

Elin gick ut, men kom tillbaka lika fort. Nu med en grön plastkorg. Där låg två urladdade telefoner; en iPhone och en Motorola, ett paket tuggummi, en skrapad Trisslott med 30 kronor i vinst, en nyckelknippa med tre nycklar,

Jespers skor och skärp samt en plånbok innehållande ett litet foto på en familj, ett bankkort, två plektrum, en femma och en legitimation.

Anders tog upp fotot och tittade på det.

– Det här måste ha tagits ungefär i tid med bilbomben.

– De ser ut som vilken familj som helst.

– Ja, jag håller med. Men den där mannen var inte vem som helst.

– Hur var han?

– Bolinder brukade hävda att anledningen att Ormboda klarat sig så bra undan annan brottslighet var att alla andra kriminella var så vansinnigt rädda för Lundin.

– Var det så?

– Nej givetvis inte, men någon slags sanning kanske det fanns ändå.

– Hur var frun?

– Svårt att säga, jag träffade bara henne vid två tillfällen. Dels eftersom jag och en kille som heter Magnus Lindgren var först på plats efter bilbomben när Karl-Fredrik dog. Sen träffade jag henne och Karl-Fredrik i Portugal, av alla ställen. Sverige skulle möta Italien i EM och jag var där med mina kompisar. Innan matchen, utanför arenan i Porto, kom Karl-Fredrik och Stina fram och småpratade med oss, Lundin presenterade mig och Stina för varandra och så vidare, han i italiensk matchtröja och hon i svensk. Solbrända och glada. Det kan vara bland de märkligaste händelserna jag varit med om. Jag var rätt ny inom polisen på den tiden, men Lundin kände igen mig. Det var liksom som att springa på några grannar eller några gamla bekanta.

– Se där ja. Men träffade du aldrig henne i samband med utredningen?

– Nej, det var Bolinder som höll förhören med henne. Jag stod visserligen bakom spegelväggen ibland men det räknas knappast som att träffas. Mitt intryck av Stina var att det var en djupt olycklig människa som höll upp en fin fasad.

SEX.

Karl-Fredrik Lundin stod i matsalen på sin restaurang, *La Vecchia Signora*. Det var en timme efter stängning och kvällen hade varit lyckad. All personal hade gått för dagen och nu var bara Karl-Fredrik, underhuggaren Limpan och Karl-Fredriks dotter Julia kvar. Trots att klockan var mycket satt den lilla flickan vid ett bord och ritade.

En bil stannade utanför och två män stegade in. Mellan sig hade de en tredje. Limpan visiterade den tredje mannen noga, innan han tvingade ner honom på en stol. Karl-Fredrik satte sig mitt emot.

– Jaha, så här sitter vi igen, käre vän. Hur har du haft det sen sist??

– Jag, jag lovar att jag snart kan betala. Det har du mitt ord på! stammade den vettskrämda lille mannen.

– Ditt ord betyder ingenting din lilla albanjävel, grymtade Limpan.

– Såja, såja, nu tycker jag tonen känns tråkig mina herrar, sa Karl-Fredrik. Vad hände med den goda stämningen?

– Jag, lovar er att jag snart har era pengar. Ge mig tills efter helgen bara? bönade den lille mannen innan han föll i darrande gråt.

Flickan tittade upp från sin teckning en kort stund för att sedan återgå till den. Karl-Fredrik Lundin log mot henne och blev tyst en stund. Det enda som hördes var mannens gråt och gnisslet av Julias tuschpennor mot pappret. Pastaprinsen granskade honom noggrant innan han tog till orda.

– Hur mår din fru, hon… vad hette hon nu? sa Karl-Fredrik

– Almira.

– Just det, Almira! Förtjusande Almira. Med all respekt, men vad ser hon i en liten luden korvgubbe som du? Det vore förfärligt synd om något hände henne eller barnen inte sant?

– Du kan få restaurangen.

– Ares, Ares, Ares… Nu gör du mig besviken… Jag vill varken ha din jävla tattarkiosk eller din feta kärring jag vill ha mina pengar! Jag har gett dig så mycket tid min käre vän och så mycket av mitt tålamod.

Karl-Fredrik ställde sig upp och slängde i samma rörelse iväg bordet mellan dem.

– Vem i helvete tror du att du försöker lura!? skrek han rakt i den vettskrämde lille mannens ansikte.

Karl-Fredrik sansade sig något, sen fortsatte han.

– Käre vän, hur länge har vi känt varandra? 10-15 år? Du har alltid skött dina betalningar, alltid varit generös och trevlig. Kommit med presenter till mina barn. Sen från ingenstans försöker du lura mig? Jag tycker det är smaklöst och långt under i alla fall min värdighet. Jag har alltid uppskattat dig. Men nu är det över förstår du. Tack och god natt käre vän.

– Jag ber er, jag ska betala!

– Försent. Kom, Julia!

Karl-Fredrik slog på »Fly me to the moon« av Frank Sinatra på stereon och hånfullt, sjöng han med innan han vände ryggen åt den gråtande mannen, lyfte upp sin dotter och dansade iväg med henne i rummet.

De båda männen slet upp den lille mannen på fötter och tog med honom till köket. Byggplast var utlagd över golvet och fritösen gick fortfarande förfullt. Mannen spydde av rädsla. De släpade honom till fritösen. En av männen slet tag i hans hår och höll hans huvud över den skållheta frityroljan. Ares fortsatte att be för sitt liv. Han hann precis stänga ögonen innan hans ansikte trycktes ner i oljan. Det rykte och bubblade, frityroljan stänkte när han gjorde motstånd. En förfärlig lukt av bränt hår och skinn spred sig i köket när de kastade ner honom på plastfilmen. Den ena mannen sparkade in hans tänder med stövelklacken, innan den andra till slut avbröt lidandet genom att skära halsen av honom.

Medan Karl-Fredrik alltjämt skrattande dansade vidare med den lilla flickan ute i matsalen till tonerna av Frank Sinatra.

SJU.

2023

Anders och Elin såg till att Jespers tillhörigheter skickades till teknikerna omedelbart. En stund senare ringde Lucia och sa att Lars och Margareta Hansson väntade i receptionen. Han mötte upp dem och visade dem till sitt rum. De fick varsin kopp kaffe, sen tog Lars till orda.

– Ni får ursäkta vårt uppförande senast, kommissarien. Som ni säkert förstår kom det som en stor chock för oss. Ni förstår, vi kunde aldrig få några egna barn. Men vi har vårdat de här stackars barnen och älskat dem som om de vore våra egna och nu kommer vi aldrig få se vår Jeppe mer.

Lars Hansson var nära att brista ut i gråt. Men hejdade sig.

– Ingen fara, sa Anders. Kan ni berätta lite om Jesper?

Margareta började.

– Han var 7 år när han kom till oss första gången. Mamman hade hamnat på det där alkoholisthemmet, *Sångfågeln*, och socialen placerade honom hos oss.

– Julia också eller?

– Nej det var bara han då. Jullan hamnade hos en annan familj. Han var obstinat, ängslig, bråkig. Vi funderade många gånger på att ge upp och låta socialen placera honom någon annanstans. Han vände upp och ner på hela huset och ställde till oreda. Han var en riktig skitunge

rent utsagt och hade väl inte förutsättningarna att bli
något annat heller. Men sedan var det en händelse som
fick oss att ändra uppfattning.

Lars tog över.

– Jag vaknade mitt i natten för att gå på toaletten. När
jag gick ner för trappan såg jag att han satt i köket och
pulade med något.

– Vad gör du Jesper? sa jag och såg till min förvåning att
han skrivit ett brev med mina gamla kalligrafipennor.

– Ett brev till vem då?

– Jag citerar: »Kåm hitt Julia dåm är snäla här«. Alldeles
vansinnigt felstavat, men ändå så vackert. Där satt han
och skrev ett brev till sin syster. Jag slog mig ner bred-
vid honom och tittade. På nedsidan av brevet hade han
ritat oss alla. Jeppe, Jullan, Margareta och jag själv. Vi
har det brevet inramat hemma i vardagsrummet. Sen
satt vi en lång stund och pratade, Jesper och jag. Han
berättade om sin pappa som brann upp, hans mamma
som i princip gav upp. Han berättade om skolan. Om
hur jobbig alla tyckte att han var. Jag berättade om mitt
jobb i militären. Han tyckte att det verkade spännande.
Sen fick han sova mellan mig och Margareta. Dagen
därpå ringde jag till socialen och såg till att även Jullan
fick bo hos oss. Vi hade det fint. Men samhället tar ingen
hänsyn till barns bästa och så fort Stina blev utskriven
hämtades barnen av en kärring från socialtjänsten som
tog dem i varsin hand och gick ut genom dörren. Sen
gick det som det gick.

Margareta fortsatte.

– Det gick ett halvår innan hon dog. Då hade barnen sut-
tit där i huset med sin döda mamma i tre dagar. De
hade trott att hon sov. Jesper hade lagat mat efter bästa

förmåga och sett till att allt flöt på. Förstår du vad himla nattsvart?! Vi fick kriga rejält för att återigen få barnen till oss. Från början tänkte de skicka Jeppe till sin farbror i Göteborg och Jullan till en faster i Bräcke. Man får ont i magen bara av tanken. Dessa barns enda riktiga trygghet var ju att de fick vara tillsammans. Och de dumma jävlarna tänkte dela på dem. Tillslut fick vi hjälp och barnen fick komma till oss. Det var givetvis tufft i perioder, men när det stod klart att de skulle få stanna fick vi äntligen känna oss som en familj.

– Berätta mer, sa Anders. Hur var han som vuxen?

– Han var slarvig, sa Margareta. Men snäll. Väldigt snäll.

– Och som vi nämnde när ni var hos oss drack han aldrig någonting, så vad han hade i fyllecellen att göra begriper jag rakt inte. Han och Julia var engagerade i UNF och vi i IOGT-NTO. Han hade många kompisar där. Han hade många kompisar överhuvudtaget, om än ingen som var riktigt nära. Men ibland har det hänt att någon följt med honom hem för att hänga eller spela tv-spel.

– Hur hanterade han föräldrarnas död?

– När pappan dog fick de samtalsstöd via socialtjänsten. När mamman dog var det skolkuratorn och en vända på BUP.

– Sen har han ju haft gitarren förstås. Han ägnade sig åt att spela britpop för det mesta men även en del rock n roll. Jag spelade själv i band på 80-talet så vi jammade lite ibland. Han tyckte mycket om ett band som hette *The Smiths.*

– Ja, ja, Morrisseys band va?

– Jo, men Jeppe hade nog hävdat att det var Johnny Marrs band. Även om han högaktade Morrissey, så höll han

Johnny Marr högre. Vi var och tittade på honom i Köpenhamn härom året, Jeppe och jag.

- Okej, tack ska ni ha. Vi återkommer. Jag följer er ut.

När Margareta vände och gick på toaletten vid receptionen frågade Lars om han fick ställa en fråga till, *mano a mano* som han sa.

– Det är inte så att det är Jeppe som var i likbilen?

Det var en fråga Anders bävade för skulle komma.

– Jo, det var Jesper.

– Jag misstänkte det.

– Vi skulle givetvis berätta det för er men vi behövde få lite mer information först. Vi vet inget mer än att kroppen försvann på väg till Rättsmedicin i Sundsvall och att transportören blev skjuten.

– Tror kommissarien att han som körde hade något med Jespers död att göra?

– Nej, vi jobbar utifrån att likbilstransportören inte hade mer med saken att göra än att det var han som var anlitad att flytta kroppen från stationen till Rättsmedicin. Men det är ändå känsligt att gå ut med information för tidigt i det här läget.

– Jag förstår. Vet kommissarien om att jag var inblandad i en av 90-talets största polisutredningar?

– Nej, vilken då?

– Jag arbetade tidigare på *Dalaregementet* i Falun, I13. Där hade jag en kollega, till lika kamrat, vid namn Mattias Flink. En kväll i juni 1994 fick han en knäpp och sköt 10 personer i och kring stadsparken med en AK5a. Sju dog. I och med att jag hade varit med Mattias tidigare den kvällen blev jag både kallad till förhör och sedan som vittne vid rättegången. En fruktansvärd historia. Men jag lärde mig en sak; att du aldrig kan veta vad en människa är kapabel till. Han hade varit min närmsta kollega och en riktigt fin kompis den ena dagen för att dagen därpå bli en av Sveriges värsta massmördare. En kille jag brukade fika och gå på bio med. Vad var vi då? 24–25 år? Senast jag talade med honom var en timme innan dådet, då vi släppte av honom vid hans lägenhet. Nu har han hunnit sitta av ett livstidsstraff och blivit frigiven sen nästan 10 år. Jag kommer på mig själv med att tänka på honom i princip varje dag. Det är makalöst.

Lars harklade sig. Sen fortsatte han.

– Kommissarien har mitt ord. Ni berättar för Margareta när ni har tillräckligt på fötterna. Har man min bakgrund förstår man att man inte kan springa runt som en skvallerkärring hur som helst. Gör ert jobb så tar jag hand om min familj.

Margareta kom ut från toaletten.

– Adjö, kommissarien, sa Lars och tog sin fru i handen och lämnade polishuset.

Anders stod kvar en stund innan han återvände till sitt rum.

– HELVETE! Hördes ett rop från korridoren.

Anders sprang dit för att se vad som hänt. Där hittade han Knut Månsson på golvet med kaffe över hela sig. Anders hade svårt att hålla sig för skratt.

– Vad är det som händer, Knut?

– Är det så jävla svårt att se? Jag halkade givetvis. De där jävla städarna såpar ju praktiskt taget golvet där de städar.

– Så det är städarnas fel att du halkade?

– Ja, det är klart som fan att det är det! skrek Månsson, nu högröd i ansiktet.

– Behöver du hjälp?

– Nej, för fan. Rör mig inte. Mitt diskbråck lär ju inte bli
bättre av det.

– Okej men då går jag, Knut?

– Men ja!

Anders gick. Efter en stund stod Månsson i dörröpp-
ningen.

– Ja, förlåt för att jag brusade upp.

– Ingen fara, Knut. Slog du dig mycket?

– Nja, det var nog mest pinsamt egentligen.

– Okej. Hur går det? Hittar du nån möjlig skåpbil?

– Nej, det är så många att det i princip är omöjligt. Nål i
en höstack och så vidare, du vet.

– Okej, nått nytt från teknikerna?

– Det fanns massor av hjulspår vid rastplatsen. Eriksson
sköts förmodligen med en *Glock 45*. Kulan var en *Speer
gold dot,* halvmantlad.

– Men för i helvete Knut, varför sa du inte det på en gång?

– Vadå?

– Att han sköts med vårt tjänstevapen!

– Ja, jag tyckte att det kändes bekant. Det var lättare när vi
hade Sig Sauern, tycker du inte? Roligare att säga också,
Sig Sauer.

– Vad väntar du på? Vi måste ju jämföra kulan med alla
vapen vi har tillgängliga!

ÅTTA.

Några dagar tidigare. Palermo, Sicilien

Alessandro Motta satt på ett café och såg ut över hamnen. Här passerade en gång i tiden 80 procent av all världens heroin. Han smuttade på sin espresso och läste i *La Gazzetta Dello Sport* om eventuella mittbackar AS Roma kunde tänkas värva. Det var sorgligt. De stora italienska mittbackarna så som Alessandro Nesta, Paolo Maldini och Franco Baresi hörde till det förgångna. Giorgio Chiellini och Leonardo Bonucci närmade sig slutet på sina karriärer och återväxten såg allt annat än lovande ut. Alessandro Motta var svag för ett riktigt stabilt försvarsspel. Han drack ur sin espresso, kontrollerade vapnet innanför kavajen, tog på sig hatten och strosade iväg längs Piazza Marina. Telefonen ringde. Numret började med +46. Sverige?

– Motta. svarade han.
– Kebnekajse, sa en röst i andra ändan. Sedan avslutades samtalet.

Alessandro Motta skyndade till sin blå Alfa Romeo, säkerhetskontrollerade den och åkte hem till sin lägenhet på Via Vittoria Emanuele. I hallen tog han med sig den nödportfölj som följt med honom i livet. I den fanns ett serbiskt pass, som han, med hjälp av sina kontakter låtit göra, där det stod att han hette Nemanja Krkic och var två år äldre än sin egentliga ålder. Förutom det serbiska passet fanns bland annat, hjärtmedicin och Europas olika valutor i varierande valörer. Sedan ringde han en taxi till *Giovanni Falcone & Paolo Borsollino International Airport* och bokade första bästa flight till Sverige.

På sträckan ut till flygplatsen passerade de Capaci, där maffian sprängde hela motorvägen med tusen kilo semtex för att på så sett eliminera domaren Falcone. Nu har de döpt flygplatsen efter honom. Motta kände sig illa till mods.

Planet lyfte och efter att ha mellanlandat i både Milano och Stockholm landade han, kvart över åtta på kvällen på *Sundsvall-Timrå Airport*. Därifrån tog han en taxi till stan och checkade in på *Hotell Knaust* under namnet Nemanja Krkic.

På seneftermiddagen dagen därpå hyrde han en bil, en Volkswagen Passat och köpte ett stort fång rosor innan han satte kurs mot Ormboda.

Landskapet var ruggigt och kallt, förvisso ingen snö än, men det var nog bara en tidsfråga innan den lade sig som en blöt, kall hästfilt över hela det här förbannade landet och svenskarna kunde springa omkring i sin snöslask och drömma om en bättre tillvaro. Då skulle Alessandro åter sitta på sin balkong i Palermo med en cigarett och ett glas rödvin, se ut över via Vittoria Emanuele och tänka på de stackars satar som samtidigt skottade snö på sina garage-uppfarter i detta eländiga köldhål till land.

Alessandros första stopp var vid Ormboda kyrka där han letade reda på en grav han aldrig tidigare besökt, men ofta tänkt på. Det tog ett tag innan han hittade den stora svarta gravstenen med namnen Karl-Fredrik Lundin och Stina Lundin, ingraverat med guldfärgade bokstäver. Motta kände sig svimfärdig. Han satte sig på en bänk en stund med sina rosor och betraktade kyrkogården. På håll såg han hur en ung man tände en lykta för att senare ställa ner den vid en gravsten.

Efter att ha suttit på bänken i närmare en timme ställde sig Motta upp. Han lade sina blommor på Karl-Fredrik och Stinas grav och sa:

– Jag är så fruktansvärt ledsen att det blev såhär, Stina.
Sedan gick han gråtande till sin hyrbil och åkte in till Ormboda.

NIO.

– Av jord är du kommen av jord skall du åter bli, sa prästen med högtidlig stämma när han skyfflade upp lite
jord på Karl-Fredriks vita kista inför en näst intill fullsatt kyrka.

– Karl-Fredrik Lundin har plötsligt lämnat oss. Vi står här
dag, frågande. En älskad familjefar och välsedd entreprenör som så kallblodigt blir mördad utanför sitt hem.
Ja, det har sannerligen varit en prövande tid. Inte minst
för dig, Stina och för er, Jesper och Julia.

Prästen vände sig mot familjen. Han gjorde en kort paus
och försökte förgäves fånga Stinas blick, som hon riktade
rakt ner i golvet. Han tog ett djupt andetag innan han fortsatte:

– Karl-Fredrik lever vidare i var och en av er, hans vänliga
själ och hans smittsamma skratt finns kvar i er, och är
med er i resten av era liv.

– Många jag talat med om Karl-Fredrik beskriver just det,
en humoristisk och varm person som alltid ställde upp
för sina vänner. En lysande medmänniska som aldrig
skulle göra något för att såra någon annan. Herrens
vägar är outgrundliga. Jag måste erkänna att även jag
har svårt att se ljuset i denna fruktansvärda tragedi och
jag frågar herren: Herre, varför sker detta som sker?

Varför dras en far i sina bästa år, en samhällets stötte-pelare ifrån oss på det här sättet? Herre, jag förstår inte.

Stina satt som en staty, med svart flor och samma ihåliga blick, som förblev riktad mot golvet under hela begrav-ningen. Julia och Jesper satt hos henne. När det var dags att ta avsked spelade kantorn Karl-Fredriks favoritlåt, »*My way*« av Frank Sinatra på orgeln. Stina förmådde inte att resa sig och ta avsked vid sin mans kista, så barnen gick istället fram med Karl-Fredriks lillasyster Sonja.
– Hejdå pappa lille, sa Julia när hon och Jesper lade varsin teckning på kistlocket, medan Jesper teg, rödgråten.
Efter begravningen bjöds alla gäster till församlingshem-met. Där fick de något att äta, under tiden de lite mer av-slappnat skulle umgås och minnas Karl-Fredrik eller *Pas-taprinsen* som de flesta kände honom. Det var Karl-Fred-riks restaurang *La Vecchia Signora* som stod för cateringen.

Karl-Fredrik Lundin hade kallats för »Pastaprinsen« allt sedan han startade sitt första företag när han var 21 år, en pastavagn med just namnet »Pastaprinsen«. Trots att han sedan länge gjort sig av med vagnen och döpt om sitt före-tag kom han att förbli Pastaprinsen med hela staden. Han föddes i Hannover. Hans mamma var italienska och hans pappa svensk. Familjen hade flyttat till Sverige när systern Sonja föddes.

Karl-Fredrik gick aldrig gymnasiet och i ett försök att slippa göra militärtjänstgöringen, spenderade han i sin ung-dom fyra år på landet utanför Palermo med sin mormor och morfar. Morföräldrarna hade en tomatplantage och livnärde sig på att sälja olika tomatprodukter från gårdens skördar. Han hjälpte ofta mormodern i köket och lärde sig den italienska kokkonsten som en präst lär sig bibeln. Han trivdes fint med det.

Försäljningen som varit trög i många år fick plötsligt ett oväntat uppsving då intresset för italienska råvaror växte runt om i Europa i och med de populära tv-kockarnas entré i hushållen. Då dröjde det inte länge innan hattbeprydda män började göra olika propåer. Karl-Fredrik fascinerades av dessa män, han ofta sett i Palermo. Stiliga män, några år äldre än honom själv, som betedde sig världsvant och var propert klädda. Ärans män, som de kallades. De erbjöd Karl-Fredriks morfar att skydda plantagen mot fem procent av intäkterna. Morfadern kände svår motvilja, men visste att det inte var någon idé att kämpa emot, så han gick med på att låta männen beskydda plantagen. Karl-Fredrik blev god vän med en av dem. Han hette Marco och var 5 år äldre än honom själv. Marco hade en svart borsalinohatt, rökte cigarill och hade alltid en lupara med sig när han vaktade plantagen. De spelade kort och Marco lärde Karl-Fredrik, eller »Carletto« som Marco kallade honom, att skjuta både med pistol och med luparan. Lupara är det italienska ordet för ett avsågat hagelgevär som ursprungligen användes för att jaga varg med, därav namnet. Vid ett tillfälle räddade Karl-Fredrik Marcos lillebror Filippos liv. Det var när den rivaliserande »familjen« Dala Bonnera kom till plantagen och öppnade eld mot Filippo, som Karl-Fredrik gömde lillebrodern i ett uthus. Och med luparan riktad mot en av förövarna fick han männen att vända och åka från plantagen. Från den stunden var Marco, Filippo och deras familj honom evigt tacksamma.

Minnesstunden led mot sitt slut, flera gäster hade hållit tal men när det var dags för Arbër Ünal, en herre som med sin bror drivit restaurangen *Altins* tur, hände något, gästerna knappast kunnat föreställa sig.

– Mitt namn är Arbër, som några av er vet drev jag en restaurang tillsammans med min bror Ares. Vi jobbade hårt, men hade det ofta svårt med det ekonomiska. Då hjälpte han oss, Pastaprinsen. Men en dag vände vinden och vi hamnade i onåd hos honom, särskilt min storebror Ares.

Han harklade sig och fattade mod.

– Ares försvann en dag och jag har inte sett honom sen dess. Jag vet inte vart han tog vägen men jag vet att han är död. Jag vet att det var Pastaprinsen som dödade honom. Nu sitter vi här allesammans och låtsas att han var något jävla helgon! Det var han inte! Karl-Fredrik Lundin var ond, han var en gangster och en usling, utan heder!

Arber Ünal spottade på fotot av Karl-Fredrik innan han avlägsnades från lokalen. Medan han bars iväg, fortsatte han att skrika:

– Horunge! Jävla Mördare! Brinn i helvetet!

Den vänliga stämningen i lokalen byttes mot oro och iskyla, innan familjen valde att runda av hela tillställningen.

TIO.

Alla tjänstevapen skulle undersökas. Var och en, fick i tur och ordning lämna in sitt vapen till teknikerna. En känsla av olust låg över den lilla polisstationen. Kommissarie Anders Johansson föreslog att hela gruppen skulle gå och äta lunch tillsammans. De gick till kinakrogen *Hónglóng*, inte långt därifrån.

– Vet ni vad det här är för ställe? frågade han gruppen.

– Mycket väl, sa Månsson. I den här lokalen låg *La Vecchia Signora* tidigare. Jag antar att det är därför vi är här.

– Mycket riktigt. *La Vecchia Signora* drevs av ingen mindre än Karl-Fredrik Lundin. Den restaurangen var lika känd för den fantastiska italienska maten som ökänd för de grymheter som sägs ha pågått här. Efter att Lundin dog vände vi upp och ner på det här stället. Vi hittade ingenting överhuvudtaget. Det verkade som om någon hunnit städa alltsammans i minsta detalj, det luktade ta mig fan fortfarande klorin. Det var alltid så med Pastaprinsen. Vi fick mängder med tips, gjorde razzior, hittade ingenting och sedan stod han och hånflinade åt oss. En gång klappade han till och med Månsson på huvudet.

– Men då klippte jag till! sa Månsson direkt.

– Och sen fick du jobba med inre tjänst i två månader och vi fick pappersarbete över öronen, kontrade Anders innan han fortsatte.

– Han var väldigt skicklig, hal som en ål och alltid steget
före. Min företrädare, Hans Bolinder, brukade säga att
hade vi inte haft Lundin i stan hade vi lika gärna kunnat
lägga ner polisstationen här. Tiden innan Karl-Fredrik
dog var Bolinder så övertygad att någon av oss jobbade
för honom att han hade förhör med oss allihop. Vi fick
visa vår mejlkorrespondans, samtalslistor och redogöra
för allt vi gjorde. Han kunde delge oss falsk information
bara för att se om den nådde fram till Lundin. Lundin
var ett spöke som verkligen kom innanför skinnet på
Bolinder. Sen dog Lundin och Bolinders glöd falnade
rejält, innan han begärde förflyttning bara ett halvår
senare. Han ville helt enkelt ha lite nya utmaningar is-
tället för fyllkörningar, cykelstölder och självmord nu
när hans nemesis var borta. På något märkligt sätt sak-
nade nog Bolinder, Lundin lite. Han hade gäckat oss
så länge, sen en dag var han bara borta. Sen efter att
Bolinder slutat, kom Franzén och ja, honom har ni väl
träffat allihop?
– De har hittat det, sa Elin. Jag fick ett sms från teknikern
nu. De har hittat vapnet!
Sällskapet lämnade sina halvätna buffétallrikar och skyn-
dade sig tillbaka till stationen. Det visade sig att vapnet
tillhörde Daniel Ivarsson. Samme Daniel Ivarsson som var
med vid ingripandet mot Jesper. När de kom tillbaka till
stationen, satt Ivarsson redan och väntade på dem i recep-
tionen. Han såg vädjande på Anders.
– Jag förstår att det här ser riktigt illa ut, sa han.
Två timmar senare kom en man och en kvinna som arbe-
tade som polisens interna utredare. De tog med sig Daniel
Ivarsson till ett förhörsrum i samma korridor som Anders
kontor.

- Hej Daniel, sa kvinnan. Jag heter Malin Norbin och det
här är Åke Riddergren. Vi tar det från början. Den 7
december omhändertog ni en person vid namn Jesper
Lundin, stämmer det?
- Ja, det stämmer.
- Berätta om ingripandet.
- Jo, vi fick ett tips om att en berusad person betedde sig
väldigt förvirrat på stan så vi åkte och plockade upp
honom.
- Och du är säker på att han var full?
- Ja.
- Hur många promille visade utandningsprovet?
- Eh, alltså vi gjorde inget utandningsprov.
- Inte? Hur är du då så säker på att han druckit?
- Lyssna, vi tar in folk i fyllecellen varje vecka. Man kän-
ner igen en överförfriskad person ganska lätt när man
som jag, jobbar med det hela tiden.
- Jag frågar återigen. Hur visste ni med säkerhet att han
var full?
- Jag sa ju det.
- Nej, Daniel, du berättade, att ni gjorde ett antagande. Ni
antog att han var full.
- Sluta! Ni vet väl vad jag menar?
- Slog ni honom?
- Ursäkta?
- Han dog. Varför dog han? Slog ni honom?
- Vad fan är det du insinuerar?
- Jag insinuerar ingenting. Jag frågar. Dog Jesper Lundin
för att ni slog honom?
- Men nej! Vi brottade ner honom på cellgolvet för att
situationen krävde det.
- Brutalt?

– Vi använde precis så mycket våld som situationen krävde.

– Varken mer eller mindre?

– Varken mer eller mindre.

Kollegan tog över.

– Det finns en lucka här, Daniel. Mellan det att ni la ner honom på cellgolvet och lämnade cellen vad hände då?

– Vi höll ner honom tills han slutade skrika och lugnade ner sig. Stefan satte ett knä i ryggen på honom så han höll sig stilla. Sen lämnade vi cellen. Då låg han kvar.

– Vid liv?

– Ja, för helvete, vi har inte dödat honom. Ni får väl kolla med Stefan också.

– Ni kan ju givetvis ha pratat ihop er.

– Jag kan verkligen inte vinna idag, va?

– Vi går vidare. Hur tror du att det kommer sig att ditt vapen användes för att skjuta Conny Eriksson på rastplatsen?

– Jag vet inte, någon måste väl ha tagit vapnet. Någon som kanske vill sätta dit mig.

– Hur förvarade du ditt vapen?

– Hur menar du?

– Förvarade du vapnet i ett vapenskåp försett med texten SS3492, SSF3492 eller låg det någon annanstans?

Daniel Ivarsson svettades kraftigt och blev blekare för varje fråga.

– Jag hade det i handskfacket i piketbilen.

– Det bryter mot reglementet, det vet du.

– Ja, men det gör väl mig för i helvete inte till mördare?

– Nej, inte i sig. Har du nån teori om hur det kan ha lämnat handskfacket, använts för att skjuta Conny Eriksson för att sedan, högst mirakulöst, återvända till bilen?

– Till att börja med är det något fel med kärran.

Centrallåset låser inte alltid alla dörrarna, jag har fel-anmält det men det är inte åtgärdat. Någon måste ha tagit det ur bilen. Sen, sen kom det inte tillbaka.

– Kom det inte tillbaka? Det provsköts ju!

– Det kom inte tillbaka till bilen.

– Vart fann du det då?

– Inlämnat av en privatperson. I receptionen. En dam hade hittat det under en bänk i Gallerian. Utanför *H&M*.

– Varför sa du inte det från början?

– För att jag är livrädd! Förstår du inte det? Jag kan för fan hamna i fängelse för mord! Vad ska hända med Linnéa och barnen då?

Daniel Ivarsson började plötsligt hyperventilera, samtidigt som han kämpade mot tårarna.

– Jag ser väl också hur det ser ut. Men jag svär. Jag är oskyldig.

– Vi avrundar här, för nu. Du är fri att gå men du får inte åka någonstans.

Riddergren tog upp en ask Läkerol, tog själv två tablet-ter innan han räckte över asken till Daniel, som såg svårt förvånad ut.

– Va? sa Daniel Ivarsson förvånat.

– Du är fri att gå för stunden, Daniel, men du får inte lämna Ormboda.

Anders såg från sitt rum hur Daniel Ivarsson skyndade förbi utanför. Han gick för att möta internutredarna.

– Vi har inget på honom som berättigar häktning. Men vi behöver prata med Stefan, vad hette han i efternamn nu, Lanti? sa Åke Riddergren.

– Lahti. Jag ringer hit honom.

Stefan Lahti var två meter lång, flintskallig och grov som

en belgian blue. Han hälsade artigt på utredarna och följde utan omsvep med dem till förhörsrummet.

– Fint att du kunde komma så snabbt, Stefan. Jag heter Åke Riddergren och kommer från interna, här är min kollega Malin Norbin. Den 7 december anhöll du och din kollega Daniel Ivarsson en man vid namn Jesper Lundin

Lahti nickade, Riddergren fortsatte.

– Lundin påträffades död några timmar därpå i sin cell. Berätta om ingripandet.

– Kan jag få lite vatten?

– Javisst, sa Riddergren och hällde upp vatten från en tillbringare på bordet, i en brun pappmugg.

– Tack.

Stefan Lahtis händer såg gigantiska ut runt den lilla pappmuggen med vatten.

– Vi blev uppringda av en person som sa att en kille betedde sig väldigt stressat, gick omkring och sa helt osammanhängande saker för sig själv, och verkade svårt alkoholpåverkad. Jag och Danne åkte dit. Han började genast skrika på oss om än det ena och än det andra. Vi bad honom lugnt att följa med oss. Då ballade han ur och skulle slåss. Vi tog in honom i bilen och åkte hit. Sen fortsatte brottningsmatchen tills vi tvingade ner honom på cellgolvet. Danne höll ner honom med sitt knä. Efter ett tag gav killen upp, så vi låste och gick tillbaka till repan.

– Levde Jesper Lundin när ni lämnade cellen?

– Ja, nog levde han allt, han ropade efter sin pappa.

– Hur full var han?

– Killen var helt galen, han bara vrålade och försökte slå sig fri. Helt osammanhängande. Riktig snedfylla, om du frågar mig.

– Men han hade lugnat ner sig när ni lämnade honom alltså?

– Kan du stänga av mikrofonen?

– Varför då.

– Det är en grej jag behöver dra »off the record«

Åke Riddergren stängde av mikrofonen.

– Jag var inte med, sa Stefan Lahti.

– När då?

– När vi stängde in killen, han hade bitit mig i handen där i cellen, så jag behövde spola såret.

Stefan Lahti höjde upp handen och visade ett något inflammerat bitmärke på handryggen. Sen fortsatte han.

– Danne satt kvar på honom. Jag vet att det är mot reglementet att lämna en kollega ensam i den situationen, men jag var så jävla arg och adrenalinstinn efter bettet att jag hade kunnat nita killen. När jag kom tillbaka mötte jag Danne i korridoren som sa att han lugnat sig.

– Var det allt?

– Ja.

Åke Riddergren slog på mikrofonen igen.

– Förhöret avslutas. Tack för att du tog dig tid, Stefan. Du kan gå, men du behöver stanna i Ormboda.

– Givetvis. Hör av er om ni behöver mer hjälp.

Riddergren och Norbin gick ut till Anders.

– Vi behöver hämta in Daniel Ivarsson igen. Ordnar du det, Anders? frågade Malin Norbin.

– Vad är det som händer?

– Minns du fallet med Osmo Vallo?

– Ja.

– Förmodligen något liknande.

– Jag ringer dit en bil.

– Tack.

ELVA.

Ormboda, några dagar tidigare

Alessandro Motta kom åkande in mot staden då han såg något besynnerligt på en åker bredvid vägen. En gammal kvinna som släpade en stor resväska. Alessandro ville stanna och fråga om hon behövde hjälp, men ansåg att det var bäst att fortsätta köra.

Det var länge sedan han var här, men Ormboda var sig likt. Han skulle rakt igenom centrum till ett skogsparti bakom en kinakrog som hette *Hónglóng*. Senast han var här fanns inte *Hónglóng* utan där låg, då för tiden, *La Vecchia Signora*, Pastaprinsens ställe, den bästa italienska maten utanför det stövelformade landets gränser.

I skydd av mörkret slog han av lamporna på bilen och körde så nära han kunde komma, steg ur och tog en spade ur bakluckan. Det gick snabbt att hitta platsen där han skulle gräva. Han kontrollerade att ingen såg honom innan han satte igång. Det tog en stund att gräva i den hårda jorden. Alessandro visste inte hur många som låg där, men snart skulle det komma fram. Han visste att det han letade efter fanns kvar. Bingo. Han lyfte upp den gamla Domuskassen, la hastigt tillbaka jorden och gick till sin bil. I bilen öppnade han påsen och lyfte upp en speldosa med en snurrande ballerina i, eller rättare sagt en ballerina som hade kunnat snurra. Utöver ballerinan fanns i speldosan också en nyckel till det magasin i hamnen, han köpt i all hemlighet, flera år innan bilbomben.

Alessandro kände sig hungrig och beslöt sig för att få tag i något att äta innan han åkte till magasinet. Han parkerade sin bil och började gå till fots mot centrum. Han hann inte mer än att korsa Prästgatan innan han stötte ihop med en annan man, betydligt yngre än honom själv.

– Scusa! Förlåt! sa Alessandro och fortsatte gå utan att
 möta mannens blick.

Den unge mannen stod kvar, som om han sett ett spöke, innan han sprang ifatt Alessandro.

– Vad fan, det är ju du? sa mannen.

En ilning for längs Alessandro Mottas ryggrad.

– Pappa… Det är ju du, pappa! Du lever! Du lever ju för
 fan!

– Nej, nej, du misstar dig, dessvärre. Du förväxlar mig
 med någon. Jag heter Nemanja, sa Alessandro innan
 han skyndade sig mot sin bil.

– Det är du! Du har levt hela jävla tiden!

Alessandro såg på mannen, så stor han blivit, hans pojke Jesper.

– Du har fel, jag är inte din pappa, sa Alessandro samti-
 digt som tusen känslor stormade genom hans kropp.

– Jag ser väl för fan att det är du. Ser ni här allihop?! Pas-
 taprinsen är tillbaka! Han är tillbaka!

Alessandro hoppade in i bilen och rivstartade motorn. Jesper slog och sparkade mot fordonet. Han var rosen-rasande.

– Kom ut, ditt fega jävla helvete, och prata med mig!

Alessandro Motta körde iväg. Jesper kunde inte göra annat än att se på. Då såg han något liggande på gatan, alldeles bredvid där bilen stått, en mobiltelefon.

Jesper tog upp telefonen och vandrade iväg, chockad, arg och ledsen. Det kändes som om allt han trott sig veta bara varit en lögn. Han fortsatte att ropa rakt ut i den kalla decemberluften.

– Pastaprinsen är tillbaka! Hallå! Mördaren är lös! Jag såg honom! Pappa?! Är du där?!

Fler och fler människor började uppmärksamma den skrikande unge mannen och uppståndelsen blev större och större. Någon tog till och med upp sin telefon och började filma honom.

– Vad glor ni på? Hallå? ropade Jesper mot åskådarna, förtvivlat och bitskt på samma gång.

Han satte sig ner på gatan och grät och skrattade om vartannat.

– Han lever! Länge leve Pastaprinsen!

Plötsligt stod två poliser framför honom, en kortare med fjunig mustasch med en kollega som var rent kolossal.

– Du får komma med oss här, sa den storvuxna polismannen.

– Så fan heller! Jag ska hitta min pappa! Tar ni mig så tar han er. Fattar ni?

– Följ med oss nu, upprepade den andre konstapeln.

Poliserna slet upp honom och spände fast handfängsel.

– Aj sluta, jag har inte gjort något. Hallå? Ser ni det här? Ni som glor? Ser ni det här? Hallå?!

– Du får följa med oss och sova ruset av dig på stationen.

– Ni förstår ingenting! Ni förstår fan ingenting! Jävla snutbögar!

De båda polismännen tryckte in Jesper i en piketbuss och for iväg mot polishuset.

TOLV.

Daniel Ivarsson satt återigen på de anklagades stol i polishuset.

– Hej Daniel, ursäkta uppståndelsen, sa Malin Norbin.

– Jag har redan sagt allt jag vet.

– Vi vill fråga dig ytterligare en gång, hur det gick till när ni skiljdes åt där i cellen?

– Det har jag ju redan sagt. Stefan satt på knä på killens rygg och vi gick när han lugnat ned sig.

– Var det allt?

– Vänta lite. Nej, just det! Killen bet Stefan ordentligt i handen. Jag sprang och hämtade papper. När jag kom tillbaka var killen tyst, så Stefan och jag, låste och gick.

– Så det var inte du som hade ett knä i ryggen på Jesper?

– Nej. Ni har väl sett Stefan? Han är ju för fan dubbelt så stor som mig och den killen. Jag hade inte kunnat hålla ner Jesper ensam någon längre stund. Stefan däremot…

– Tack, avbröt Malin Norbin.

– Vadå tack?

– Tack, det var allt. Du kan gå nu.

– Vänta här… Ni skickar en målad bil med saftblandarna på, hem till mig. Två kollegor stampar in i mitt hus när vi sitter och äter och säger åt mig, inför min fru och mina barn, att jag ska förhöras på stationen igen. Ni skapar en jävla cirkus, sen ville ni ingenting. Vad är det för fel på er?

– Fel av oss. Vi ser till att nån kör dig hem.

I korridoren utanför var Riddergren tydligt förbannad.

– Malin, vad i helvete var det där?

– Ser du inte det Åke? Tänk på det? Först och främst kan Stefan Lahti mycket väl hunnit vara i Gnarp vid tiden för mordet på Conny Eriksson och stölden av Jespers kropp. För det andra kan han givetvis rutinerna kring liktransporterna utan och innan. Min teori är så här.

Hon tog en klunk vatten. Anders Johansson anslöt till duon.

– Stefan Lahti väger minst 130 kilo. Jesper Lundin kanske väger 70. Han håller ner Jesper med sin kroppsvikt, knä mot ryggrad. Jesper kämpar för sitt liv och biter honom illa. Precis som han bet dig, Anders, när han var liten. Medan Daniel hämtar pappret trycker Stefan sönder hans rygg. Sen blev han lugn. Det de inte visste var att han var döende. Lahti och Ivarsson upptäcker att han är död. Lahti som vet att Ivarsson förvarar sitt tjänstevapen slarvigt, tar dennes vapen istället för sitt eget. Sen följer han, i piketbuss efter likbilen mot Sundsvall dagen därpå för att kunna stoppa liktransporten och stjäla kroppen så inte de inre skadorna ska uppmärksammas vid obduktionen. På platsen försöker han övertyga Conny Eriksson att han måste ta över transporten av Jesper. Vem vet, han kanske till och med får hjälp av Eriksson att flytta kroppen från likbilen till piketbussen. Sen tar han med Eriksson till skogen för att binda och skjuta honom. Lahti vet att det är slarvigt att lämna kulan kvar men låter den sitta i hopp om att Ivarsson ska få skulden, vilket han också nästan fick.

– Ja, det låter nästan troligt.

– Det *är* troligt. Låt oss kolla färddatorn på piketbilen för

att se hur han kört, samt begära in övervakningsfilmen
från gallerian. Jag lovar att Stefan Lahti är med på den.
Agneta från receptionen stod otåligt och väntade på att
sällskapet skulle bli klara. Så fort de var det, kallade hon
till sig Anders.

– Det är en man här som vill tala med dig, Anders.

– Jag kommer.

I receptionen stod en herre i sextioårsåldern och läste på
skyltarna.

– Hej. Anders Johansson, kommissarie.

Anders sträckte fram handen. Mannen gjorde detsamma.

– Jag heter Knut Pålsson, jag driver djurkrematoriet här
i stan.

– Finns det ett djurkrematorium här?

– Ja, visst finns det det, hemma på min gård några ki-
lometer västerut. Jag fick en förfrågan per telefon om
jag kunde bränna ett föl i en stor låda. Jag skulle få fem
tusen extra om det skedde idag. Jag fick en dålig känsla,
förstår du. Vanligtvis bränner vi hundar, katter, kaniner
och andra mindre husdjur, marsvin och sån skit. Och
jag vet helt ärligt inte om jag skulle få in ett föl i ugnen
ens med våld.

– Vem var det som..

– Lugna er människa, och låt mig prata till punkt, röt
mannen.

– Förlåt.

– Det som gjorde mig illa till mods var att han envisades
med att jag inte fick öppna lådan. Inte på några villkor.
Nu är jag klar.

– Presenterade han sig?

– Ja, som Lundström eller Lindström eller något.

– Okej, vad bestämde ni?

– Vi bestämde att han skulle komma ikväll. Han ville
övervaka hela processen. Jag tror att han har något an-
nat i lådan. Kanske någon stackars fru eller han, killen
från E4an.
– Jag tycker vi gör såhär. Vi följer med dig i våra civila
bilar. Kan vi gömma dom någonstans på gården?
– Jag har ett garage.
– Skulle du vilja rita hur gården och själva krematoriet
ser ut?
– Javisst!
Pålsson ritade en noggrann karta över platsen, innan han,
Anders, Månsson, Elin och Lucia åkte ut till gården.

TRETTON.

2008

Under »*La Vecchia Signora's*« glansdagar hade pengarna bokstavligen strömmat in. Alla bordsbokningar skedde långt i förväg och Karl-Fredrik tog in kända italienska kockar som i perioder gästspelade i köket. Storheter som Giuseppe Marotta, Alessandra Parisi och Emanuele Ferrara hade alla tjänstgjort på »*La Vecchia Signora*« i Ormboda. Men ändå var det alltid Karl-Fredrik som stod i centrum. Han var chevaleresk, solig, dynamisk och tröttnade aldrig på att med stor inlevelse berätta sina anekdoter, till gästernas förtjusning. Utöver det var en annan stor kvalitet, hans fantastiska minne. Han lärde sig sina gästers namn, intresserade sig för dem, ställde nyfikna och intelligenta frågor, såg människor i ögonen när han talade till dem och fick dem att känna sig sedda. Det var en slags social magi som förekom i den matsalen vars motstycke inte fanns någon annanstans. Och kanske var han krogsveriges mest begåvade trollkarl.

En stor del av Karl-Fredrik Lundins intäkter undanhölls från skatteverket under hela hans yrkesliv. Detta gjorde honom, förutom oerhört förmögen, även till en bank dit många av länets andra restauranger vände sig för att låna pengar när den vanliga banken sagt nej. Karl-Fredrik såg till att ta ut ordentligt med ränta för varje lån och hade indrivare han kunde lita på om inte avbetalningarna kom i tid.

Vidare hade Karl-Fredrik Lundin sett till att alltid överanställa personal. Då kunde han hyra ut en kock för 80 000 kr i månaden, till en konkurrent som plötsligt tappat en.

En gång föll det sig till och med så att Karl-Fredrik värvade över kocken Irma Larsson från restaurangen *Tommys*, för att sedan låta *Tommys* hyra tillbaka henne för dubbla hennes lön, plus en rad tillägg. Det var svårt att locka duktigt och kompetent restaurangfolk till staden och därför fungerade Karl-Fredriks modell mycket bra. I stort sett alla andra restauranger och krogar i länet hade på ett eller annat sätt en koppling till *La Vecchia Signora*, och de som inte hade det fick påhälsning. Det kunde gå till så att Karl-Fredrik skickade underhuggaren Leif Limpan Karlsson för att exempelvis erbjuda sig hålla med diskare, sköta garderoben eller fixa med leveranser av diverse råvaror. Om svaret blev nej, återkom Limpan med ytterligare två herrar som gjorde sin existens varse för krögaren. Fortsatte krögaren att trilskas tätnade besöken och uppvaktningen intensifierades. Intensiv uppvaktning var alltid av sådan art att den inte gick att knyta till Karl-Fredrik bevismässigt medan alla parter ändå förstod varifrån propån kom. Här följer tre olika exempel.

– 13 november 2001 knackar en begravningstransportör på hemma hos krögaren Kostas Papastathopoulos, som dittills vägrat acceptera Karl-Fredriks önskan om att ta över baren på Kostas restaurang *Troja* i utkanten av staden. Transportören är ditringd för att hämta en avliden flicka. En flicka som där och då satt i köket och åt tårta på sin femårsdag. En chockad och vettskrämd Kostas ringer *La Vecchia Signora* direkt och Karl-Fredrik tar över baren vid månadsskiftet.

– Nyårsafton 2003 brinner *Hamnmagasinet* ned till grunden. I fyra månader har ägaren blivit uppvaktad av Limpan och de båda herrarna, men fått nej. Branden klaras aldrig upp. Ägaren och hennes familj flyttar till Norge.

– 16 augusti 1999 får Hotellägaren Roger Ljunggren sina bromsar förstörda efter att ha nekat Karl-Fredriks förslag om att denne skulle ombesörja leveransen av mjöl och grönsaker till hotellet. Roger Ljunggren kraschar sin Audi i en tom busskur samma eftermiddag och polisanmäler Karl-Fredrik Lundin på flera punkter. Han tar dock snart, efter oklara omständigheter tillbaka sin anmälan och Karl-Fredrik ombesörjde sedan leveranserna fram till sin död.

Som arbetsgivare var han både uppskattad och fruktad. Likt den romerska guden Janus hade Karl-Fredrik två olika ansikten. Så länge du var lojal, hade han din rygg i alla lägen. Han erbjöd bra löner, fina bonusar och den som fick barn hade full lön under hela föräldraledigheten.

Men kände han att en anställd inte längre uppskattade att arbeta för honom gjorde denne bäst i att ta sitt pick och pack och lämna Ormboda omgående, då Karl-Fredrik Lundin, genom sitt kontaktnät och partners garanterat kunde se till att man inte fick jobba någon annanstans.

Tiderna förändrades för Karl-Fredrik och efter att runt millenniumskiftet stått på toppen hade det senare börjat dala sakta för att den sista tiden innan bilbomben, falla fritt.

Rykten om synnerligen grov kriminalitet, Bolinders ständiga razzior, tillslag och allmänna spring hade gjort tillvaron tuff för Karl-Fredrik och *La Vecchia Signora*. Visst drog han fortfarande in pengar genom alla krokar han lagt ut på de övriga restaurangerna och krogarna men det var pengar han behövde tvätta och tvättandet tog tid. Banken hade koll på alla transaktioner och det kändes som om skatteverket hade en man på insidan av verksamheten. Att komma undan med mord var en baggis men att komma undan skattmasen var något helt annat. Han kände sig fruktansvärt pressad.

På hemmaplan var det också kristider. Hans vackra fru, som tidigare alltid var vid hans sida var numera en osminkad alkoholist i joggingkläder som gömde sig i ett mörkt sovrum med en bag-in-box, dagarna i ända. Hon var genuint olycklig, så till den grad att hon knappt brydde sig om barnen längre. Hon struntade till och med i att ge dem mat. Och barnen sen, Jesper som han såg så mycket hopp i, och Julia, hans *bella principessa*, var hans ögonstenar. De var oftast med honom på restaurangen när Stina låg hemma i villan och söp eller sov, alltid uppklädda. Hur skulle det gå för dem om hela korthuset föll omkull? De skulle aldrig behöva hälsa på någon farsa på kåken. Så var det bara.

Är det krig så är det. De skulle aldrig få honom levande.

Skatteverkets utredare hette Ulla Backlund. Hon var inte särskilt svår att hitta men eftersom Karl-Fredrik inte visste hur mycket hon hade på honom, vågade han inte röra henne. Men det kanske gick att skrämmas?

Karl-Fredrik tog reda på att Ulla Backlund bodde i en vit mexitegelvilla på Kammvägen 19 i Ormboda. Hon bodde ensam, sedan hon skiljts från sin man och hennes barn hade flyttat ut. Ulla hade jobbat på skatteverket sedan 1992 och dessförinnan varit hemmafru. Hon och hennes dåvarande make Nils Backlund hade köpt huset sedan de flyttat till Ormboda från Karlstad. Limpan och de båda herrarna han nästan alltid hade med sig, höll koll på villan några dagar. Ingen varken kom eller gick i huset förutom Ulla. En kväll knackade trion på dörren.

– Hej Ulla, sa Limpan, med ett stort och brett leende, när Ulla Backlund öppnade dörren.

– Hej, vilka är ni?

– Mitt namn är Leif Karlsson, det här är mina kollegor, deras namn är oväsentliga. Jag kommer för att prata med dig om min uppdragsgivare.

Limpan stegade förbi Ulla Backlund rätt in i huset.

– Vem är er uppdragsgivare?

– Karl-Fredrik Lundin.

– Jag vill nog att ni går nu.

– Jaså?

– Kan ni vara snälla att gå?

– Är ni inte intresserad av vad jag har att säga?

Ulla Backlund granskade Leif Karlsson uppifrån och ner.

– Nej, faktiskt inte. Hör här, jag vet inte vad det är ni vill eller ens om jag vill veta det. Ni har letat rätt på min adress, går rakt in i mitt hem med två gorillor och hotar mig. En ensam kvinna. Har ni ingen som helst heder, människa?

– Hotar? Jag har väl inte hotat dig, kära Ulla?

– Tror du inte jag begriper vad det här handlar om? Tror ni jag är en gaggig gammal kärring, va? Jag kommer att anmäla det här till polisen, det kan ni hälsa Karl-Fredrik Lundin. Seså nu vill jag att ni går herr Karlsson. Jag vill att ni går, genast.

Leif Limpan Karlsson brast ut i ett hånfullt skratt.

– Se så, nu lugnar vi ned oss lite, jag tror ni har fått allt-sammans om bakfoten. Jag är inte här för att hota er. Jag

är här för att lämna uppgifter jag tror ni är intresserade
av.

– Då kan du ringa mig på kontoret imorgon, adjö herr
Karlsson.

– Så ni är inte intresserad av vad jag har att säga?

– Inte det minsta, vi har tillräckligt på Lundin alldeles
oavsett.

– Okej, då går vi gubbar.

Leif Karlsson knäppte med fingrarna, vände sig om och
gick ut. Kvar i hallen stod de båda männen. Nu gick allt
mycket snabbt. De övermannade Ulla och släpade med
henne till köket där de band henne vid en köksstol. Ulla
skrek. Men ingen hörde henne skrika.

När Limpan och kumpanerna återvände till *La Vecchia
Signora* och informerade Karl-Fredrik om att skatteverks-
utredaren var död och att de dessutom lämnat henne i sitt
kök, strypt och fastbunden i sin stol tog det hus i helvete.
Karl-Fredrik var rosenrasande.

– Era satans klantarslen, förbannade amatörer! Ni skulle
skrämma henne, inte ha ihjäl kärringen. Var jag inte
tydlig på den punkten?

– Vi hade inget annat val. Hon är, jag menar hon var, inte
den typen av person som gick att hota. Vi försökte få
det att se ut som ett inbrott.

– Tog ni något då?

– Nej.

Karl-Fredrik himlade med ögonen, istället för att strypa
honom.

– Alla människor går att hota eller skrämma, på ett eller
annat sätt. Alla människor har en öm punkt. Det borde
du om någon veta! FAN! Jävla idioter! Åk dit och få det
att se ut som en olycka eller ett självmord, sänk henne

i havet, jag skiter fullständigt i hur ni löser det, men LÖS DET! NU!

– Vi fixar det. Lita på oss.

– UT!

Fyra dagar senare hittades Ulla i sitt hem av en kollega som åkt dit då hon inte svarat på sin telefon och inte heller dykt upp på jobbet. En förfärlig stank spred sig när kollegan öppnade den olåsta ytterdörren. Hon fick snart ögonkontakt med Ulla, som svävade, som tyngdlös en halvmeter över golvet, hängandes i trappräcket. En pall låg nedanför och hon hade börjat ruttna.

Ärendet avskrevs som självmord.

FJORTON.

Anders, Lucia och Elin stod på helspänn inne i krematorierummet. I sin bil, nere vid landsvägen satt Knut Månsson, som de hade kontakt med per telefon utifall Lahti hade en polisradiomottagare i bilen.

- Nu kommer det en bil, viskade Månsson, i telefonen. En VW, en sån där stor.
- Amarok? sa Elin. Då är det Stefan.

Den stora folkvagnen svängde in på gårdsplanen och Knut Pålsson gick ut för att vinka vart den skulle parkeras. Sen tog Knut fram en kärra och mötte upp.

En enorm karl hoppade ut från förarsidan.

- Tjena. Tack för att det gick att ordna. Är det där inne eller?
- Javisst, följ med bara, sa Knut Pålsson.
- De båda herrarna hjälptes åt att lyfta av lådan.
- Tack, ska vi kanske ta en titt innan vi tar in den?
- Det går bra.

Knut Pålsson öppnade dörren och de båda gick in.

Sen gick allting fel.

- POLIS! Sätt händerna på huvudet! ropade Anders när han kom fram bakom en traktor med pistolen riktad mot Stefan Lahti. Lucia och Elin riktade även de sina vapen mot honom.

Stefan Lahti slet tag i Knut Pålsson och använde denne som sköld.

Sen backade han ut till sin bil och kastade bokstavligen iväg Pålsson mot poliserna innan han satte av från gården. Strax därefter hördes en smäll nere från landsvägen. Poliserna skyndade dit. Månsson, som hört all uppståndelse genom telefonen, hade blockerat vägen med sin bil. Dessvärre hade han inte hunnit ur den innan Stefan Lahtis Amarok dundrat rakt in i den.

Nej, nej, nej, sa Anders för sig själv när han kom fram till platsen. I Lahtis bil satt denne orörlig, men vid medvetande och i Månssons totalkvaddade Volvo xc60 satt Knut, lika orörlig han, dock medvetslös.

Båda männen hämtades med ambulans och kördes, i ilfart, till lasarettet i Ormboda. Elin och Lucia åkte med i Stefan Lahtis ambulans för att hålla koll på honom.

Anders stannade kvar och inväntade ytterligare kollegor.

Lådan, som påstods innehålla ett dött föl, var väldigt stor. Anders lånade en kofot av Knut Pålsson och bände upp locket. Där låg inget föl utan precis som de trott var det en kropp av en människa. Jesper Lundin var återfunnen. Bra så.

Några timmar senare var Stefan Lahti redo att förhöras på sjukhuset. Han hade uttryckt att han inte behövde någon advokat.

Anders började.

– Förhör inleds med Stefan Lahti. Närvarnade polis, Anders Johansson.

– Ta det från början, Stefan.

– Jag råkade döda killen i cellen. Sen sköt jag begravningsnissen och stal kroppen ur bilen för att dödsorsaken skulle förbli hemlig. När jag insåg att det gått som det gått försökte jag lägga över skulden på Danne. Det var inte så snyggt direkt, men jag visste inte vad jag skulle göra. Hur gick det med han i den andra bilen?

– Månsson?

– Vadå, var det Månsson? Hur är det med honom?

– Det är kritiskt, De opererar honom just nu. Så du kanske snart har tre liv på ditt samvete, Stefan. Du ska veta att Månsson försvarade dig och Daniel när det kom på tal att ni kanske trots allt hade med dödsfallet att göra. Han stod upp för er. Nu har du nästan haft ihjäl honom också.

Den väldige mannen blev helt stel, för att sen brista ut i gråt. Tårar och snor strömmade från den väldige mannens ärrade ansikte. Anders hade svårt att ens titta på honom.

– Jag ville bara ställa allt till rätta. Det var inte meningen att killen i cellen skulle dö! snyftade Stefan Lahti.

– Berätta om Conny Eriksson, begravningsentreprenören.

– Det var nödvändigt. Jag vinkade av honom från vägen med saftblandarna och förklarade att jag behövde ta över transporten. Som jag misstänkte, skulle han börja ringa runt och dubbelkolla. Jag hade inget annat val. Jag drog ett fälgkors i skallen på honom, så han föll ihop. Sen tog jag med ett spännband från piketbilen, slängde honom över axeln och gick ut en bit i skogen. Där spände jag fast honom mot ett träd och sköt honom mitt mellan ögonen med Dannes pistol. Påsittande skott.

– Varför försökte du sätta dit Daniel Ivarsson?

– Jag fick panik! Det var inget personligt mot Danne. Jag visste att han brukade lägga pickan i handskfacket. Han visste att centrallåset inte fungerade men fortsatte lägga den där i alla fall, så det kändes liksom som den lättast möjliga lösningen.

– Okej. Har du träffat Jesper Lundin tidigare?

Stefan Lahti tänkte efter.

- Näe, jag tror faktiskt inte jag har det.
- Vi återkommer till dig Stefan. Det står två konstaplar ute i korridoren som för dig till häktet så fort du är på benen.
- Förlåt, Anders.
- Hejdå, Stefan.

Anders lämnade Stefan Lahtis rum och gick ut till poliserna i korridoren.

– Ring om det händer något och låt honom inte komma undan.

Sen vandrade Anders vidare på sjukhuset och kom fram till operationssal 2. Där inne höll de ännu på att operera Knut Månsson. Anders satte sig ner på en bänk utanför. Allt snurrade. Det finns någonting mer.

– Vad är det, jag inte förstår? sa han för sig själv.

Sen kom han att tänka på Julia. Ingen hade ännu pratat med henne.

FEMTON.

Några dagar tidigare.

Alessandro Motta körde genom Ormboda. Nu gällde det att snabbt fixa allting och sen åka hem till Sicilien innan han blir gripen. Jesper kommer garanterat springa till polisen eller den där förbannade militären han bott hos. Han stannade till vid ett hus på Fredrika-Doroteas gata 2. Där hade Jesper och Julia bott sedan Stina dog, det visste han. Inne i köket satt tre personer och spelade kort. Han tittade på dem från sin bil. De var inne i någon sorts spännande diskussion. De såg lyckliga ut tillsammans. När han såg sin dotter Julia, sittandes med hennes fosterföräldrar, kände han sig som världshistoriens sämsta människa. Än verkade Jesper inte meddelat dem om deras möte tidigare på kvällen. Så fin hon var, Julia. Alessandro ville knacka på och ge sig till känna, men hur skulle det se ut? Fosterföräldrarna verkade hyggliga och kanske hade Julia det bättre hos dem än hon nånsin haft det med Stina och honom själv. Istället körde han vidare mot hamnen. Där fanns de gamla magasinsbyggnaderna dit nyckeln gick. Alessandro gick fram till dörr nr 14, stoppade nyckeln i låset och vred om.

Där inne fanns möbler, köksutrustning och dekorationer som funnits på *La Vecchia Signora* innan de 1997 bytte ut alltsammans när de helrenoverade restaurangen. Sedan

65

dess hade alltsammans stått här. Innanför tapeten, bakom en hylla, fanns hans kassaskåp; platsbyggt av Leif Limpan Karlsson. Där fanns reserven. Nu skulle han en gång för alla tömma det och aldrig mer återvända till Ormboda. Reserven motsvarade 8 miljoner kronor, i olika valutor, framförallt euro och kronor. Där fanns även ett foto av familjen Lundin från Julias dop, samt lite pärlor, diamanter och annat krimskrams. I kassaskåpet fanns även två glasburkar med varsin hårlock i. En från Jesper och en från Julia.

Alessandro Motta tog med alltsammans till bilen. Han fick gå i två omgångar, men när han släckte magasinet och vred om nyckeln hade han fått med sig det han behövde.

Han satte sig i bilen och fortsatte vidare i mörkret. Det kändes gruvsamt att lämna Ormboda. Men det gick inte att stanna kvar. Snart skulle Jesper göra både fosterföräldrarna och polisen varse om hans existens.

SEXTON.

Dagen därpå vaknade Anders av att det ringde. Det var Nicolai Høgmo, teknikern.

– Anders Johansson…

– Tjena! Du jag håller på att kolla igenom killens telefoner. Det är något jävligt märkligt. iPhonen är italiensk.

– Jaha?

– Ja, tycker inte du att det är väldigt konstigt. Den verkar tillhöra någon gubbe, Alessandro Motta.

– Jo, det är konstigt, men den tillhör väl någon turist som säkert bara tappat den.

– Jo, det är förstås möjligt, men jag tänkte på det att det kan ju vara nån bekant eller så? Var inte hans farsa, Pastaprinsen, italienare?

– Han var halvitalienare men hette Karl-Fredrik och har varit död i femton år. Det är nog ingenting.

– Säkert inte men jag tänkte det var bra att du visste det utifall att det skulle bli något.

– Bli något?

– Äh, skitsamma. Hur är det med Månsson?

– Jag vet inte. Jag har inte hört något. Ska gå ut med hunden nu, sen tänkte jag åka till sjukhuset och kolla läget.

– Hälsa honom så gott från mig.

– Det ska jag. Ha det fint.

– Detsamma chiefen.

Anders och Herrmann gick i 20 minuter sedan hoppade

han in i sin bil och körde mot sjukhuset. På vägen passerade han *HóngLóng* där grävskopor snart skulle bryta jorden vid den lilla skogen bakom restaurangen. Det skulle byggas tre identiska lägenhetshus där.

– Snacka om att skrämma bort kunderna, muttrade Anders för sig själv när han åkte förbi.

Det var inte bara den lilla skogen som skulle försvinna. Under hösten revs även det gamla vattentornet som stått en bit därifrån. Man skulle bygga en ny rondell och parkeringsplatser. Läget var förträffligt. Utsikten över staden och havet var förtjusande.

Anders kom fram till sjukhuset och gick direkt upp till intensivvårdsavdelningen.

– Hej! Anders Johansson heter jag. Jag är här för att träffa min kollega, Knut Månsson, sa Anders och höll upp sin polislegitimation.

– Okej, jaha då får du stanna här och vänta tills ronden är klar. Besökstiden är 15 till 17. Vänligen respektera detta i fortsättningen. Det här är en avdelning på ett sjukhus, inget gruppboende där folk kan komma och gå som de vill, svarade en snorkig sköterska som enligt sin namnskylt hette Marianne.

Anders dolde sin irritation och tackade för undantaget.

Han stod och tittade på skyltarna som var uppsatte här och var. Tidlösa budskap som:

»TVÄTTA HÄNDERNA« och »RING PÅ KLOCKAN OCH VÄNTA« varvades med andra mer kuriösa skyltar så som:

»ETT LEENDE SMITTAR OCKSÅ« – Ett budskap Anders beslutade sig för att efterleva nästa gång han interagerade med sköterskan Marianne.

– Hörrudu, polisen? sa Marianne

– Ja? sa Anders med sitt bästa gå-bort-leende.

– Vad fan flinar du för?

– Nej, ingenting

Anders kände sig jättefånig.

– De är klara med ronden nu. Du kan gå till rum 5.

– Tack.

Anders gick in i rum nummer 5. Där låg Knut med slangar överallt. Han sov. Marianne kom alldeles efter.

– Hur mår han?

– Ja, han mår ju inte så bra direkt då då. Han hade svåra inre blödningar när han kom in, men de har vi stoppat. Sen är vänster axel och nyckelben brutna. Han har en ordentlig hjärnskakning, och hjärnan har svält.

– Kommer han bli bra?

– Det är svårt att säga hur pass permanenta skadorna på hjärnan blir. I övrigt ska han nog vara på benen om ett par månader.

– Har han haft några besök?

– Ja, hans fru och deras son var här. Men Knut sov hela tiden.

– Okej. Kan ni ringa mig om det skulle hända något?

– Jodå.

– Tack. sa Anders och lämnade rummet.

På skrivbordet i sitt rum på polishuset, hittade Anders en lapp där det stod att han skulle ringa upp Ann-Katrin Dahlström på Rättsmedicin i Sundsvall.

Anders ringde upp:

– Rättsmedicin, godmiddag.

– Hej! Anders Johansson från polisen i Ormboda här, jag sökte Ann-Katrin Dahlström?

– Vänta ett ögonblick så kopplar jag dig.

Samtalet kopplades vidare.

– Rättsmedicin, Ann-Katrin Dahlström.

– Hej Ann-Katrin, det här var Anders Johansson från Ormbodapolisen. Du hade sökt mig?

– Ja! Du, den här killen Jesper kom fram till oss tillslut. Har du tid att komma hit idag?

– Ja, absolut. När då?

– Jag har möte mellan 13 och 15. Har du möjlighet att komma kl 15:30?

– Ja, det funkar.

– Bra, då ses vi då, Anders.

– Vi säger så, hejdå.

– Hejdå.

Anders åkte till Hanssons hus på Fredrika Doroteas gata 2. Han knackade på. Lars Hansson öppnade.

- Kommissarien?

- Hej Lars, kan jag komma in?

- Givetvis, stig på.

- Tack.

- Margareta! Margareta, kommissarien är här! vrålade Lars Hansson åt sin fru som gissningsvis var på någon helt annan plats i huset.

- Slå dig ner så länge. sa Lars Hansson och pekade på en stol.

- Tack. Jo…

- Kaffe, kommissarien? avbröt Lars Hansson.

- Gärna det.

Lars Hansson tog ner en kopp från en hylla och slog i kaffe från en termos samtidigt som Margareta kom in i köket och satte sig på en stol. Hon hade gråtit. Anders började prata.

– Det är en sak jag behöver tala med er om. Som ni säkert läst i tidningarna försvann ett lik på väg till Rättsmedicin, dagen efter Jesper dog.

– Det var Jeppe va? sa Margareta Hansson. Och ni visste det hela tiden?

– Ja, jag kan bekräfta att det var Jespers kvarlevor som försvann.

– Kvarlevor? Vilket makabert ordval! Det låter som han blivit styckad?

– Jag ber om ursäkt. Det var Jespers kropp.

– Varför har ni inte sagt något?

– För att det hade kunnat försvåra utredningen.

– På vilket sätt?

– Det vet jag inte. Hur som haver är kroppen återfunnen nu. Den är på plats på Rättsmedicin i Sundsvall. Ni kommer ombedjas att åka dit och identifiera den.

– Vad innebär det?

– Att en av er behöver se den avlidne och intyga att det är Jesper.

– Menar du att ni är osäkra?

– Nej. Inte det minsta. Men det är praxis att man identifierar människor som varit försvunna eller avlidit på ett oväntat sätt, vid mord och olyckor tillexempel.

– Okej, Det tar jag. sa Lars Hansson.

– Vad bra.

– Hur illa däran är kroppen?

– Han ser ut som om han sover. Dock har kroppen under tiden den varit borta ändrat karaktär, men eftersom den verkar ha förvarats kallt så har den inte börjat ruttna.

Margareta Hansson lämnade rummet för att få lite luft innan hon återvände. Anders fortsatte.

– Det var ett par saker till. En man är gripen för vållande till Jespers död, brott mot griftefriden och även för mordet på begravningsentreprenören.

– Vem då? sa Margareta Hansson

– Jag återkommer med detaljerna när det är ställt bortom
rimligt tvivel.
– Okej, ja jag vet inte hur mycket mer elände jag kan ta i
dag. Var det något mer?
– Jag skulle vilja prata med Julia.
– Hon är på sitt rum. Upp för trappen, första dörren till
vänster.
– Tack.
Stefan gick upp för trappen. Julias dörr var stängd. Han
knackade försiktigt på. Julia öppnade.
– Hej.
– Hej Julia. Jag heter Anders Johansson och är polis här i
Ormboda. Jag skulle vilja prata med dig lite om Jesper.
– Kom in. Vad vill du veta?
Anders satte sig på stolen vid hennes skrivbord. Julia satte
sig på sängen. Rummet var fyllt med konstnärsmaterial,
men det hängde även en sandsäck från en krok i taket. På
en hylla stod olika boxningstroféer och på sängen stod en
öppnad resväska.
– Jo, jag undrar om du kan berätta för mig hur Jesper var
under den sista tiden?
– Han var som vanligt. Han var väl glad.
– Glad?
– Ja, han skulle på någon jobbintervju och funderade på
att åka till Italien i sommar.
– Italien?
– Ja.
– Har ni varit där förut?
– Ja vi var där ibland när vi var små. Med pappa. Hans
mormor bodde där. På Sicilien.
– Jaha. Okej.
– Jag vet vem du är.

- Jaså?
- Jag minns när Jesper bet dig. När bilen sprängdes. Du var den första som kom.
- Det stämmer. Hur kan du minnas det?
- För att du har ett bitmärke på kinden.
- Just det. Så dum jag är.
- Kände du min pappa?
- Karl-Fredrik?
- Ja, han kände alla poliser. Det sa han jämt. Han sa att ni var hans små kycklingar för att ni alltid följde efter honom.
- Vad minns du av din pappa?
- Han tog alltid hand om oss. Vi var med honom på restaurangen efter skolan och efter dagis. Han var snäll mot mig. Vi fick beställa vad vi ville på menyerna. Men vi beställde nog samma sak för det mesta, Rigatoni a la Bolognese. Ibland fick vi hjälpa till att servera. Vi var som maskotar där.
- Vart var er mamma?
- Hon var hemma och var »sjuk« som pappa sa. Hon var alkoholist.
- Men ni hade det bra där på restaurangen?
- Ja. Men pappa hade också ett frukansvärt temperament. Jag minns hur han skrek på andra gubbar där. En gång var han så arg att han välte en hylla med glas. Sen gick det lika snabbt över.
- Minns du om han gjorde någon illa någon gång?
- Han gjorde folk illa hela tiden. Han var ett psykfall. Men han var som sagt alltid snäll mot mig.
- Men inte mot Jesper eller?
- Nej, Jesper kunde få en örfil om han hade fått en fläck på skjortan, lagt en sked fel eller inte tackat för maten.

– Okej. Vilka mer gjorde han illa?

– Men hallå, tror du inte jag vet vem min pappa var eller? Jag vet att han misshandlade, utpressade och mördade folk. Det konstiga var att jag alltid klarade mig undan vad än jag gjorde. Jag minns inte så mycket, men jag minns att jag var rädd när han skrek eller när han slog Jesper. Det tyckte jag var hemskt. Förutom örfilarna slog han aldrig Jesper i ansiktet eller på händerna. Då skulle märkena synas. Och då skulle de på skolan se det. En gång såg skolsköterskan Jespers rygg när han hade ramlat av en gunga. Då ringde de till mamma, men sen hände inget mer.

– Slog han din mamma också?

– Nej, jag tror inte det. Hon var så svag ändå, så hon hade väl gått av om han slog henne.

– Svag?

– Ja, svag. Hon var svag. Jag ska aldrig bli som henne.

– Hur menar du?

– Hon gjorde sig till ett offer. Hon tyckte bara synd om sig själv. Vi var så vana att hon struntade i oss att vi inte märkte att hon var död på tre dagar. Hon var ett svagt jävla offer. Jag hatar svaga kvinnor.

Anders märkte att han blev irriterad, vad menade hon?

– Men din pappa var stark, va? En gangster och en mördare?

– Jag vill att du går nu.

– Jag ska gå, men jag har en fråga till.

– Vad?

– Jag har förstått att du och Jesper stod varandra mycket nära. Hur känner du nu när han är död?

– Först grät jag två dagar i sträck, sen blev jag arg. Om jag får en chans att döda den som gjorde det kommer jag ta den.

– Jag älskade min storebror. Men jag tänker inte bli ett
offer bara för att han inte finns.
– Jag förstår. Hejdå Julia.
– Hejdå.

SJUTTON.

Anders kom fram till Rättsmedicin och klev ur sin bil. De kala björkarna bågnade av vinden. Det var ordentligt blåsigt. Ann-Katrin Dahlström mötte upp honom i entrén. Hon var något äldre än honom själv, hade blont hår och ögon som lyste av livsglädje.

Satan vilken vacker kvinna, tänkte Anders när han skakade hennes hand.

– Följ med mig här, sa hon och Anders tassade efter. Duon kom fram till en bår med ett lik som täckts över av ett skynke. Ann-Katrin drog bort skynket, mannen låg på mage.

– Vi går rakt på sak. En kraftigt skadad ryggrad som lett till att revbenen gått av. Kort och gott rasade ryggen in, kan man säga, vilket gjorde att han inte kunde andas ordentligt. Det måste varit ett fruktansvärt sätt att dö på. Det är som att en elefant har hoppat på honom.

– Ja, hua. Hur mycket alkohol hade han i kroppen när han dog?

– Ingen alls.

– Va? Ingen alls?

– Inte en droppe. Förutom skadorna inne i torson var han i god form dessutom.

– Droger?

– Nix.

– Du menar alltså att han var vid sina sinnens fulla bruk när han blev omhändertagen och inslängd i fyllecellen?

– Ja, det finns inget som tyder på att det var något kroppsligt fel iallafall.
– Okej.
– Men jag tror inte han haft det så lätt. Det finns rejäla ärr här och var på kroppen. Gamla ärr. Främst över ryggen, överarmarna och på skinkorna.
– Vad kan de komma av?
– Upprepade slag med ett bälte till exempel. Många gamla människor som fick stryk som barn har liknande märken, dock i mindre omfattning. Ser du märkena där?

Ann-Katrin pekade med en penna på ett stort antal runda märken upp mot en centimeter i diameter, runt skulderbladen.

– Det där är högst sannolikt märken från glödande cigaretter.
– Som tryckts mot Jespers rygg alltså? sa Anders frågande.
– Inget snack om saken egentligen. Stackars barn...
– Hans pappa var av den värsta sortens människor. Ett riktigt jävla as, som man säger i folkmun. Han slog Jesper, närmast torterade honom. Vi visste hela tiden att han var en riktigt kallblodig gangster. Men trots att min föregångare betraktade honom som »public enemy number one« blev det ändå en tråkig överraskning att höra hur han behandlade pojken.
– Är den här pappan någon man känner till, eller?
– Karl-Fredrik Lundin, en krögare. Han kallades för Pastaprinsen och dog för länge sedan.

Ann-Katrin Dahlström blev tyst ett tag innan hon började prata igen.

– Jag var på hans restaurang.
– *La Vecchia Signora*?
– Ja, precis. Jag minns att hans barn var där. Jag minns

att jag tyckte han var så fin med dem. Flickan som hängde i hans knäveck, och pojken som var så artig. Nu är det alltså den pojken som ligger här. Jag minns när Karl-Fredrik dog och det stod om det så kallade »Krögarmordet« i alla tidningar. Då tänkte jag på de där barnen som hade mist en sån fin pappa. Nu känner jag mig så fruktansvärt dum när du berättar om hurdan han var, och jag kan se det själv. Jag ser ju brännmärkena och bältmärkena. Jag hade nog inte kunnat sova om nätterna om jag såg den själsliga skadan han gjort honom. Vem i helvete gör så mot ett litet barn? Mot sitt eget barn?! Jag begriper inte.

– Riktiga psykopater är ofta väldigt skickliga på att spela fina, normala människor. Jag är övertygad om att det är bättre att vara faderlös än att ha en pappa som var hälften så ond som Karl-Fredrik.

– Jag ser så mycket elände förstår du, Anders, men det här var det ledsammaste på länge.

– Ja, det är så oerhört sorgligt alltihop. Karl-Fredriks skräckvälde, en själsligt nedbruten och alkoholiserad mamma som söp ihjäl sig något år därpå och nu det här? Ihjälklämd på ett golv i en fyllecell, fy fan.

– Vad hände med honom när mamman dog?

– Han och systern hamnade hos en fosterfamilj. Där fick de äntligen någon form av trygghet. Han bodde där tills han flyttade till eget boende. Systern bor kvar där.

– Okej, ja då antar jag att det är de som ska identifiera honom.

– Ja. De lär väl ringa och boka tid.

– Jo. Och nu ska du tillbaka till Ormboda eller?

– Japp. Jag ska åka direkt.

– Kör försiktigt, Anders.

– Tack. Vi hörs!

De skiljdes åt med ett handslag och Anders gick till sin bil. Han bestämde sig för att ta ett varv på stan medan han ändå var i Sundsvall. Han parkerade mitt emot där *Casino Cosmopol* tidigare legat och gick in mot centrum. Han gick förbi hotell *Knaust*. Anders mindes att Bolinder en gång berättade om en häst man tagit upp för trappan för att senare upptäcka att hästar inte kunde gå nedför trappor och att man helt enkelt behövde avliva hästen, där på övervåningen. Då hade Månsson inflikat att så ej var fallet, och att de i själva verket hade fraktat ned hästen med bagagehissen. Han såg en tunt klädd man stå och röka utanför hotellet. Det var något som kändes väldigt bekant med mannen. Han såg ut som Karl-Fredrik Lundin fast något äldre och det sandréfärgade håret hade övergått till en något blekare ton. Han hade en tunn överrock och portfölj, samt en resväska. Ögonblicket senare stannade en taxibil framför mannen och de for iväg.

Hade det inte varit för att han själv sett Karl-Fredrik brinna upp 15 år tidigare hade han svurit på att det var han.

Anders gick i några butiker. Han köpte strumpor på *H&M* och en kebab med bröd på *Kebabcity* innan han började vandra tillbaka mot sin bil. När han återigen passerade *Hotell Knaust* kunde han inte låta bli att gå in. Han såg den stora, solfjäderformade trappan. I receptionen stod en kvinnlig receptionist som med sitt knallröda läppstift och stora ögon, nästan såg tecknad ut.

Anders kunde inte låta bli att fråga.

– Ursäkta, för en timme sedan hämtades en man med portfölj här ute. Jag tror det var en gammal bekant. Inte vill du säga vem det var?

– Nej, det kan jag dessvärre inte. Våra gäster har rätt till diskretion.

Anders tog fram sin polislegitimation och la den på disken.

– Kan du berätta nu då?

– Är han misstänkt för någonting?

– Ja, ljög Anders.

– Han heter Nemanja Krkic. Han har checkat ut.

– Okej. Vilket språk pratade han?

– Bruten engelska. Jag skulle gissa på att han var från Balkan.

– Har du någon kopia på hans legitimation?

– Nej.

– Hur betalade han?

– Kontant.

– Okej. Vart skulle taxin?

– Bosvedjans kyrka. Bosvedjan ligger liksom mellan stan och Birsta.

– Okej. Tack.

Anders skämdes när han gick ut. Vad höll han på med? Karl-Fredrik Lundin var död och begraven sedan länge. Att veva fram polislegitimationen i det läget är för tusan tjänstefel.

Plötsligt hördes en röst bakom honom.

– Skulle inte du åka hem?

Det var Ann-Katrin Dahlström.

– Va? Hej! Jo, men jag kom på att jag behövde strumpor.

Anders lyfte *H&M*-påsen för att bevisa inköpet och att han inte hade några som helst intentioner att fara med osanning.

– Bor du så här centralt? frågade han.

– Ja. Jag bor på hotellet, iallafall varannan vecka.

– Det låter dyrt.

– Haha, jag bor i Umeå egentligen. Det är Rättsmedicinalverket som står för hotellnotan. Jag jobbar i vanliga fall på Rättsmedicin i Umeå. Men, sedan en av de ordinarie rättsläkarna här gick i pension, och eftersom det inte direkt vimlar av rättsläkare i norrlandsregionen, har jag jobbat här varannan vecka under tiden de letat en ersättare för honom. Det har väl varit så i ungefär ett halvår, kanske?

– Hur kommer det sig att Jesper hamnade hos er? Vi brukar ju skicka våra döda till Uppsala i vanliga fall?

– De hade högt tryck på Rättsmedicin där nere, så vi beslöt att ha kvar honom här.

– Okej, jag fattar.

– Bra, har du ätit?

– Ja, alldeles nyss faktiskt, sen måste jag åka hem till jycken.

– Okej, jag förstår. Vi hörs!

– Det gör vi.

Trots att Anders försökte allt han kunde, kunde han inte låta bli att fråga.

– Du, inte har du sett till en annan hotellgäst? 50-årsåldern, tunt klädd? Rätt blekt hår, tangorabatt och glasögon?

– Vad i hela friden är en tangorabatt?

– En liten mustasch som följer överläppen. En sån som Errol Flynn hade?

– Nej, någon sån har jag inte sett till. Vadå då?

– Eh, det var inget. Ta hand om dig.

De skiljdes åt på nytt. När Anders kom fram till bilen hade han fått böter. Parkeringsvakten var fortfarande kvar. Anders gick fram för att förhandla bort den.

– Hej! Ursäkta. Jag tror det har blivit fel här?

– Vadå fel? svarade parkeringsvakten, en kille i 30 års-
åldern, i blå jacka och en keps med lappar för öronen.

– Jag har ju betalat, Anders visade bokningen i sin app.

– Nej, du har betalat för att stå där, sa parkeringsvakten
och pekade på en parkeringsplats på andra sidan några
träd.

– Men käre du. Du ser ju att jag har betalat och jag stod
någon meter fel.

– Boten är redan skriven. Det är bara att betala.

– Men du ser ju bokningen?

– Ja, men den är dessvärre inte giltig på den här parke-
ringsplatsen.

– Det är ju samma plats!

– Boten är redan skriven. Hade du kommit innan jag
skrev den hade jag kunnat upplysa dig om att du stod
på fel parkeringsplats.

Anders kände att han ville lappa till honom.

– Men snälla människa!?

– Boten är redan skriven.

– Du skulle bli en perfekt nazist, din jävel.

Anders satte sig i sin bil, smällde igen dörren och körde
därifrån.

ARTON.

Sundsvall, 8 december.

Alessandro Motta märkte inte att hans telefon saknades förrän han kommit tillbaka till Sundsvall. Det var bedrövligt i det hänseendet att han behövde den för att kunna resa hem till Italien. Allt från att boka biljett till diverse italienska samhällsservice, så som e-legitimation fanns i telefonen. Han kunde inte gärna åka tillbaka till Ormboda och leta efter den. Han spenderade natten i sitt rum på hotell *Knaust,* beställde frukost direkt till rummet och gjorde nya resplaner.

Samtidigt som han behövde införskaffa en ny telefon, ville han inte synas i onödan. Mötet med Jesper hade gjort honom försiktigare. Det fanns trots allt en hel del personer även i Sundsvall som kände till honom. Det var nog lika bra att köra ytterligare några städer bort, för helt säkert kunna besöka en elektronikhandlare. Han satte sig i hyrbilen och körde norrut. Mil efter mil av ingenting avlöste varandra innan han nådde höga kusten-bron. Den spektakulära bron var ett välkommet avbrott längs en annars monoton vägsträcka. Radiokanalerna spelade allesammans samma låtar, nyheterna berättade om hur äldre blir lurade på pengar av bedragare, utredningen om Nord Stream-läckan som läggs ner samt att Elsa är det vanligaste namnet på nyfödda flickor.

Han nådde Örnsköldsvik. Där, i en Telia-affär köpte han en ny Iphone och ett surfkort. Han satte sig på en bänk nere i hamnen och såg till att få igång telefonen. Allt han behövde fanns sparat i iCloud. Han började titta på diverse avgångar hem till Sicilien. Han längtade till att en gång för alla, lämna det här förbannade kallhålet till land, och allt det förflutna bakom sig. Allt han hade haft var borta. Snart skulle grävskoporna ge rätt åt dem som kallat honom mördare i alla år. Vad gjorde det när alla ändå trodde att han var död? För inte skulle någon vettig människa tro på Jesper? Men det vore skönt att inte vara i Sverige när den skiten kom upp till ytan.

Limpan, som var den enda som visste att bilbomben var riggad, var ju även han, borta. Han mindes tillbaka till slutet för Karl-Fredrik Lundin.

Han visste att ett åtal inte låg långt borta. Skatteverket och polisen var honom i hälarna. Skulle allt uppdagas kunde han gott och väl få spendera ett livstidsstraff i fängelse. Det gick inte längre. Allt var på väg käpp rätt åt helvete. Han visste att Stina och barnen skulle behöva gå på soc om han hamnade bakom galler, men hade sedan länge en livför-säkring som gjorde att de aldrig skulle behöva oroa sig för pengar om han dog. Efter noga överväganden hade han och kumpanen kommit fram till att han skulle dö.

Limpan hade åtagit sig att preparera och installera bil-bomben.

Men att säga att Karl-Fredrik hade en bomb i bilen var nästintill en felbeskrivning. Hela bilen var praktiskt taget en bomb i det avseendet att mängden sprängmedel var så pass stor att en sketen bilbomb inte gick att jämföra över-huvudtaget. Det skulle inte gå att identifiera den som satt i bilen, så enkelt var det. Sen hade man lurat fifflaren och småtjuven, Kenneth »Korpen« Igelström att denne skulle få två tusen kronor om han kunde låtsas vara Karl-Fredrik och köra dennes bil till hamnen. Han hade blivit försedd med Karl-Fredriks kläder, kammat en liknade frisyr samt fått låna hans Cartier-klocka. En annan sak som spelade in var att Karl-Fredrik och Korpen hade mycket gemensamt till det yttre vad gällde längd, kroppshydda och hårfärg bland annat.

Karl-Fredrik klev ut genom ytterdörren, och gick direkt till Limpans väntande bil. Där gav han bilnyckeln till Korpen, som direkt satte sig i Lundins BMW.

När Korpen vred om nyckeln och började backa exploderade bilen. Det svårt brända liket gick inte att identifiera mer än på ramen till urverket på klockan. Karl-Fredrik Lundin fanns inte mer.

Karl-Fredrik och Limpan satte kurs mot Trelleborg och färjan över till Rostock. Medan Limpan gled igenom passkontrollen, låg Karl-Fredrik i bagageutrymmet under diverse filtar.

Det var en lugn kväll på båten och inte särskilt många passagerare. Däcket var så gott som tomt när de båda männen steg ut för att ta ett bloss och andas lite havsluft. Trots att Limpan svurit att resten av livet vara tyst om den riggade bilbomben tog Karl-Fredrik tillfället i akt att göra sig av med risken att hans närmste man kunde prata bredvid mun.

– Käre du, utan dig hade detta inte varit möjligt. Tack för allt.

Leif Limpan Karlsson hann inte värja sig, innan Karl-Fredrik puttat honom över relingen. Limpan försvann i det mörka, kalla vattnet och Karl-Fredrik rullade av färjan några timmar senare, i Limpans bil.

Han åkte genom Tyskland och Österrike innan han

nådde Italien. Han sov på olika motorvägshotell och betalade kontant. I Modena bytte han in Limpans bil mot en Fiat i något sämre skick. Inga frågor ställdes och inga pengar bytte ägare.

Efter tre dagars resande kom han fram till Termini Imerese på Sicilien där hans gamla vän Marco tog emot honom.

– Carletto, är det verkligen du? Fan vad gammal du har blivit.

– Marco min vän, fan vad fet du har blivit.

Det kära återseendet byttes snabbt mot allvar.

– Marco, du måste hjälpa mig.

– Javisst, självklart. Jag är skyldig dig en stor tjänst.

– Jag behöver bli sicilianare. Nu. Jag behöver ett namn och en historia, ett personnummer och någonstans att bo. Kan du hjälpa mig?

– Det blir inte lätt, men självklart ska jag hjälpa dig. Du pratar ju redan som en sicilianare, Carletto!

Efter en hel del jobb såg Marco, genom sina kontakter till att Karl-Fredrik fick ett nytt namn och identitet, Alessandro Motta.

Den riktige Alessandro Motta hade en gång i tiden varit skyddsling hos Marcos gamle far, Cosa Nostra-höjdaren Giampaolo Grivo, men sedan omkommit i det andra stora maffiakriget som utbröt på ön innan den stora Maxirättegången i Palermo. En rättegång där Giampaolo Grivo dömdes till 36 år i fängelse efter att tjallaren Tomasso Buchetta sålt ut alla sina gamla allierade från Cosa Nostra, däribland Grivo senior inför domaren Giovanni Falcone. Alessandro Motta hade ursprungligen kommit från Syracusa men blivit föräldralös i unga år för att sedan hamna under pappa Grivos beskydd.

Giampolo Grivo dog den 7 februari 1999 i ett fängelse i Ligurien till följd av diabeteskomplikationer.

Alessandro Motta hade aldrig begravts eller ens dödförklarats. Han levde hela sitt liv under radarn sedan dess han slutat grundskolan. Han hade inga barn och var aldrig gift. Han hade aldrig blivit arresterad eller dylikt. En perfekt identitet att överlåta till Karl-Fredrik Lundin.

Det dikterades ihop en story där Alessandro ska ha arbetat utomlands i många år för att nu återvänt till Sicilien för att bosätta sig där. Han fick hjälp att hitta en våning i Palermo på paradgatan Via Vittoria Emanuele, då pengar inte var en bristvara.

Alessandro Motta reste sig från bänken, satte sig i bilen och åkte tillbaka mot *Sundsvall*.

NITTON.

När han var i höjd med Timrå rapporterade Ekot om en märklig händelse längs E4an strax utanför Gnarp som inträffat tidigare samma dag. Ett lik skulle ha blivit stulet från en likbil och likbilstransportören hade blivit avrättad i den närliggande skogen.

En polis som Alessandro kände igen sen det förflutna intervjuades i klippet, Anders Johansson, kommissarie. Det innebär ju att Bolinder är ute ur matchen. Synd, tänkte Alessandro som alltid uppskattat den koleriske kommissarien som han brukade gillra fällor för förr om åren. Likt en matador undvek Karl-Fredrik Lundin alltid att bli träffad av tjuren Bolinder. Vilket måste provocerat honom något oerhört.

Johansson var mindre konfrontativ. Mer sansad, smart och avvaktande. Betydligt svårare att ha att göra med. Om Bolinder var en galen tjur var Johansson en skicklig schackspelare. Han var farligare. Men på ett helt annat sätt. Om någon av dem någonsin skulle tappa fattningen och skjuta honom var det Bolinder, men om någon av dem kunde lista ut att bilbomben var iscensatt skulle det vara Johansson, ingen tvekan om den saken.

Händelsen längs E4an fick honom ändå att undra. Det var något som kändes galet med det hela. Något som kändes nära honom själv på något underligt sätt. Den kvällen åt han middag på sitt rum och följde nyheterna. Anders Johansson intervjuades på platsen.

– Jag kan bekräfta att en avliden person försvunnit från platsen och att transportören påträffats avliden här i skogen bredvid. Vi kan inte lämna några ytterligare upplysningar i nuläget men får vi arbeta i fred kan vi förmodligen snart presentera mer information i ärendet. Tack, sa kommissarie Johansson.

Den kvällen hade Alessandro svårt att sova. Han kände ett behov av att ta sig tillbaka till Ormboda.

Han drömde om Jesper och Julia. Samma dröm som plågat honom i femton års tid, att de var rädda och ropade på honom. De behövde hans hjälp. Trots att han mycket väl visste att barnen var stora, var de alltid små i drömmen.

Klockan halv fem lämnade han hotellet efter att bara sovit i korta etapper. Han satte sig i sin hyrbil och sen bar det av mot Ormboda igen.

Det var fortfarande mörkt när han åkte förbi den avspärrade rastplatsen. Där syntes poliser som jobbade för fullt med att leta bevis. Två tekniker kom ut från skogen. Alessandro Motta rullade förbi, men stannade till vid nästa rastplats och rökte en cigarett. Han kände att han kom för nära alltihop, men drevs ändå av en känsla att det var något som hade med honom och hans besök att göra. Han slängde fimpen på marken och satte sig bakom ratten igen.

Han beslöt sig för att åka en annan väg och tog av mot en anknytande landsväg när tillfälle gavs, vilket gjorde att han nådde Ormboda från ett annat håll. Nu satt han där i sin hyrbil mitt i staden han lämnat för gott så sent som två dagar tidigare. Han åkte ut till villakvarteret där familjen Lundin bott. Alessandro Motta drabbades av en tung känsla av ånger och missmod där han satt i bilen och såg ut mot villan där de bodde. Nu var den ommålad och ett Attefallshus hade tillkommit på tomten. Han såg platsen där bilen exploderade. Hemma på ön hade han blivit någon annan, Alessandro Motta. Alessandro Motta hade aldrig bott i den här villan med en fantastiskt vacker fru som han gjort djupt olycklig. Alessandro Motta hade aldrig svikit två helt otroligt fina barn, som inte gjort något i världen för att förtjäna honom till far. Varför fick hon inte skiljas när hon så gärna ville det? Varför var han så hård mot Jesper? Varför lämnade han honom och Julia?

Var det försent att ställa allt till rätta? Åka till kommissarie Johansson på polisstationen och erkänna allting. Kanske Jesper och Julia kunde förlåta honom och hälsa på honom i fängelset? Mord begångna efter 1985 preskriberas inte i Sverige. Det visste han. Men man har inte heller ett sådant system att man plussar ihop straff. Vad skulle hända om han kom tillbaka och erkände allting? Livstid garanterat. Säg trettio år. Då skulle han aldrig mer komma ut, men kanske bli insläppt av Sankte Per den dagen han skulle stå till svars inför honom. Han trodde inte heller att Sankte Per tog emot några mutor. Men kanske om han la korten på bordet kunde han leva resten av sitt liv med ett något lättare samvete. För även om Alessandro Motta hade en relativt bekymmersfri tillvaro i Palermo så var han ännu Karl-Fredrik Lundin i sina drömmar. Förutom den återkommande drömmen om barnen, kunde han ännu höra smällen av bilbomben, skriken från alla de stackare han skickat till dödsriket, människor som bönat och bett honom om nåd, deras blickar när det gått upp för dem att de inte skulle skonas. Det tog på psyket, det gjorde det.

När han satt där, och såg solen gå upp över sitt gamla hus övergick känslan av ånger och vemod till en av inre lugn. Ett lugn han inte känt på många år. Han beslöt sig för att inte återvända hem till Palermo. Han skulle stanna i Sverige och ta sitt straff. Sluta hålla sig undan. Men han ville träffa barnen först och förklara sig.

Han körde genom stan. På *Pressbyrån* köpte han ett paket cigaretter av en expedit som var tillräckligt ung för att inte känna igen honom, lånade papper och penna och köpte ett pack med kuvert. Sedan skrev han, med stor möda, ett brev i sin bil som han lade i postlådan märkt med namnen Hansson & Lundin på Fredrika Doroteas gata 2.

TJUGO.

»Till Jesper och Julia« stod det på det kuvert som Margareta Hansson räckte över till Julia.

– Det här låg i brevlådan. Till dig och Jeppe.

– Det är väl ingen postutdelning på lördagar? sa Lars Hansson

– Nej, men helgbilagan kommer på lördagar.

Julia tog kuvertet, som saknade både frimärke och adress och gick upp till sitt rum. Hon satte sig på sin säng och öppnade brevet.

Mina älskade barn

Jag lever. Det var mig du såg, Jesper. Bilbomben var fejkad för att undvika att hamna i fängelse. Jag har kommit fram till att jag ska överlämna mig till polisen och ta mitt straff. Jag förstår om ni anser att jag har sårat er på ett helt oförlåtligt sätt och jag förstår mycket väl om ni aldrig mer vill veta av mig. Det var mitt eget fel att det blev som det blev med allting, men, det var ni och er mamma som fick betala det största priset och för det är jag väldigt ledsen.

Innan jag går till polisen skulle jag vilja träffa er. Jag skulle så gärna vilja se er och prata med er en sista gång i frihet.

Jag kommer att sitta i en bil på Coop-parkeringen ikväll kl 21:00 i en silverfärgad Passat med registreringsnummer EEF073. Öppna dörrarna och kliv in.

Jag hoppas vi ses men förstår givetvis om ni skickar polisen i ert ställe.

/Pappa

Julia visste inte vad hon skulle ta sig till. Hon hade aldrig anat att hennes pappa fortfarande var vid liv. Men Jesper var ju död. Det visste inte pappa, såklart. Men de verkar ha setts. Hur länge har han varit här egentligen och varför i helvete har inte Jeppe sagt något om det?

Hon mådde illa. Det kändes som om hon skulle spy.

Hon funderade och funderade och kom fram till att hon skulle gå dit och berätta om Jespers död. Sen kunde han få ruttna i fängelset i resten av sitt liv. Hon behövde inte honom. Hon hade ju en ny pappa. En ny pappa som inte var en lögnare, sadist och en mördare utan bara en snäll gammal militär som aldrig skulle svika henne. Hon skulle ta med sig en kniv utifall det var en fälla.

- Julia, hur är det? Vem var brevet från? hördes Margareta ropa från nedervåningen.
- En kompis bara! Emma ska ha inflyttningsfest, ljög Julia.
- Okej, vad roligt! När då?
- Om tre veckor!

Julia visste att hon borde säga som det var till Margareta och Lasse men visste alldeles för väl att de skulle ringa polisen omedelbart.

Hos Hanssons var sorgen och chocken stor. Det kom och gick lite grannar, Margareta pratade i telefon med sin syster och Lasse sprang runt och försökte underlätta för Margareta och Julia. Ingen i sällskapet hade ork nog att göra mat så de beställde pizza från en pizzeria av den typen som Julias pappa brukade referera till som »En sketen juggelåda«, dvs en pizzeria ägd av en person från de forna Jugoslavien.

Klockan kvart över åtta knackade det på dörren igen. Där stod Eva-Britt Olsson. En tjock och fryntlig dam, som jobbat på socialtjänsten när Jesper och Julia kom till Hanssons en gång i tiden.

– Jag hörde om vad som hänt, Julia. Jag ville se hur det var med dig.

– Vad fan tror du? Det är skit fattar du väl?

– Kära barn, det är klart jag förstår det. Tänk att så mycket elände kan drabba samma familj.

Lars Hansson kom till dörren.

– Vill du ha kaffe, Eva-Britt? Kom in!

– Ja, en kopp kaffe sitter aldrig fel för en socialarbetare.

– Kan ni flytta på er? Jag ska gå ut en sväng, sa Julia.

– Vart ska du såhär sent? undrade Lars Hansson och såg på Julia med bekymrad min.

– För det första är jag nitton år gammal för det andra behöver jag luft. Drick kaffe ni.

Julia krängde på sig skorna, tog jackan och gick ut genom ytterdörren.

Hon gick genom staden mot Coop. Hon hörde musiken från nattklubbarna, såg en full kille stå och spy i kanalen. Hon var nervös, ledsen och arg på en och samma gång. Tänk att pappa lever. Tänk om brevet var från någon annan? Efter en halvtimme var hon framme. Hon gick fram till den silverfärgade passaten och öppnade passagerardörren, satte sig utan att titta på föraren, gömde ansiktet i händerna och började gråta.

– Hej Julia, sa mannen i förarsätet.

– Hej, snyftade Julia.

– Vad fint att se dig. Vad glad jag är att du kom. Kommer Jesper också?

– Nej.

– Jag förstår. Det gör inget.

– Han är död.

– Va? Vad fan är det du säger? Är han död? Jag sprang ju
på honom härom dagen? Är han död?

Han kunde inte ta in det. Han hade varit borta i femton
år, bokstavligen sprungit in i sin son på stan, och nu var
han tydligen död?

– Han dog på polisstationen, natten till i går. De vet inte
varför. De säger att han var full eller drogad eller något.

– Men vad är det du säger, Julia? Knarkade Jesper?

– Nej, det gjorde han inte. Han drack inte heller. Ingen
vet varför han dog.

Alessandro lade en arm om Julia. I det ögonblicket blev
han återigen hennes pappa, Karl-Fredrik. Han kunde inte
stå emot tårarna längre. Han var så glad att se Julia och så
ledsen över att höra om Jesper. De satt tysta en lång stund
och lät tårarna få rinna bäst de ville.

– Jag ska överlämna mig till polisen.

– Jag vet. Du skrev det. Vart har du varit hela tiden?

– På Sicilien. I Palermo. Jag bor där. Jag har bytt namn
också.

– Vad heter du då?

– Alessandro Motta.

– Det låter som en jävla strandraggare.

Snyftandet övergick till skratt.

– Inte nog med det, jag reser under namnet Nemanja
Krkic också.

– Ännu värre! Varför kom du tillbaka just nu? För att
överlämna dig till polisen?

– Nej. Jag kom för att hämta pengar. Sen var jag givetvis
nyfiken på er också.

– Varför ska du överlämna dig till polisen då?

– För att… ni kanske skulle kunna förlåta mig då.

Karl-Fredrik bröt ihop på nytt. Julia satt tyst.

– Vet du vad jag har gjort, Julia?

– Du har mördat, misshandlat och hotat folk. Förmodligen jättemånga. Du har ljugit för alla du någonsin känt, Misshandlat din son, knäckt din fru och övergivit dina barn.

– Vem har berättat allt det här?

– Jag minns mycket mer än du tror. Jag minns till exempel när dina kompisar dödade en gubbe i köket på restaurangen, medan du dansade med mig för att jag inte skulle bli rädd. Jag hörde hur han skrek, men jag var trygg med dig i alla fall. Jag minns att du alltid skyddade mig mot allt ont. Vare sig det var du eller någon annan som var den onde.

– Så var det. Ni var mina ögonstenar.

– Varför var du så hemsk mot Jesper?

– Det finns givetvis ingenting jag kan säga som rättfärdigar vad jag gjorde mot honom. Min pappa gjorde samma sak mot mig och min farfar samma sak mot honom. Det är så jag fick lära mig att vara pappa. Det är fan ingen ursäkt, det vet jag.

– Varför slog du aldrig mig?

– Det finns ett italienskt talesätt: »Den man som slår sin dotter, upphör att vara far.« Det gick helt enkelt inte. Din farfar var i och för sig svensk, men han slog aldrig din faster heller. Jag och din farbror var mer blåa än vita när vi växte upp. Din farmor skrev upp alla hyss vi gjorde, sen när han kom hem på fredagarna så började helgen alltid med att vi fick stryk för hela veckan, medan syrran klarade sig. Jesper var också väldigt rädd om dig. Han skyddade dig jämt. Han var jätterädd att

det skulle hända dig någonting. När du lärde dig gå fick
vi ha honom i ett annat rum, eftersom att han blev helt
tokig när han såg dig ramla.
Julia satt tyst och såg ut genom rutan.
– Du brände honom med cigaretter, vad fan fick du ut
av det?
– Det var inte jag som gjorde det, Julia. Det var din
mamma. Det var ett rop på hjälp. Hon gjorde så för att
jag skulle kasta ut henne. Din mamma var sjuk. Och
även om jag är rädd att det var jag som drev henne till
att göra det så var det inte jag. Jag vågade inte lämna
henne ensam med er under ganska lång tid därefter.
Hon spenderade den tiden med att ligga hemma och
hälla i sig vin, och ni fick vara med mig på La Vecchia,
efter skolan och dagis istället.
– Hon sa alltid att det var du? Hur ska jag veta att du inte
ljuger?
– Det kan du givetvis inte. Jag förstår om du inte tror på
ett enda ord jag säger men det var så.
– Okej.
– Det var fint att du ville komma och träffa mig i alla fall.
Julia blev åter tyst ett tag, innan hon åter tog till orda.
– Jag ville verkligen hata dig. Men jag har aldrig kunnat
göra det. Jag har, nästan så länge jag kan minnas, trott
att du var död. Men allt har bara varit en lögn. Nu vet
jag inte vad jag ska tro. Så många gånger jag har önskat
att få tillbaka min pappa. Du fattar inte. Du är så orätt-
vis som kommer nu. Jag har en ny pappa, han heter
Lasse. En som inte är en jävla gangster. När du åker in
så kommer jag ha en pappa på kåken. Vad vet jag, du
kanske inte alls tänker gå till polisen och då finns du
iallafall. Jag vet inte hur jag ska förhålla mig till att du

lever? Fattar du? Jag hade behövt dig när mamma dog. I flera dagar satt jag och Jesper hemma i huset med vår döda mamma. Då hade det varit jävligt lämpligt att ha en pappa som brydde sig. Jag har behövt dig så många gånger, och nu av alla jävla gånger är du här. Fy fan för dig!

Julia steg ur bilen och drämde igen dörren så hårt hon förmådde, sen satte hon sig på en grönmålad betongsugga och storgrät.

Karl-Fredrik gick ut och omfamnade henne. Hon försökte till en början slå sig lös, men gav tillslut efter.

– Du får inte försvinna igen, pappa, sa Julia medan tårar, kajal och snor rann nedför hennes hårt sminkade ansikte.

– Jag ska ingenstans.

– Du fattar inte. Du får inte försvinna igen. Du får inte gå till polisen.

– Jag är rädd att jag måste det.

– Jag följer med dig till Italien, jag rymmer med dig!

– Men, Julia?

– Inga men. Vi rymmer från den här skiten, du och jag, pappa.

– Margareta och Lasse då? Skolan, kompisar? Du har ju hela ditt liv här.

– Jesper och mamma är döda. Hamnar du i fängelse har jag ingen. Jag följer med dig. Lasse och Margareta är snälla och så, men det är för fan du som är min pappa. Hur kriminell du än är, är det du.

– Julia?

– Jag följer med dig. Jag måste bara ordna med lite saker först.

De bestämde sig för att träffas två dagar senare. Karl-Fredrik skulle plocka upp Julia på samma plats, samma tid.

– Hejdå så länge, Principessa.

– Hejdå pappa.

Julia promenerade hem till Hanssons hus och gick raka vägen upp till sitt rum

– Julia? ropade Lars från nedervåningen, men Julia svarade inte.

TJUGOETT.

Morgonen efter besöket i Sundsvall skrev Anders rapport från sitt besök på Rättsmedicin, sedan ringde han sjukhuset för att kontrollera hur det var med kollegan Månsson.

– Intensivvårdsavdelningen, Lena.

Anders tänkte att det var skönt att det inte var syster Marianne som svarade.

– Hej, jag heter Anders Johansson, jag är polis och har en kollega som ligger hos er.

– Jaha?

– Knut Månsson.

– Ja?

– Jo, jag undrar hur det är med honom.

– Han är vaken. Vill du prata med honom?

Innan Anders hann svara hade syster Lena redan börjat gå med telefonen mot Månssons rum.

– Hallå? sa Anders. Inget svar.

Anders hörde hur syster Lena förklarade för Månsson att han hade telefon.

– Månsson, svarade Knut, efter närmare två minuter.

– Tjena Knut, hur går det?

– Du är skyldig mig en ny bil din jävel. Och ett nytt fejs. Haha, nu är jag ju fulare än du.

– Det var du redan innan, Knut.

– Vi tog honom, Anders.

– Det gjorde vi. Se till att vila dig nu så du är pigg tills
nästa gång vi ska jaga bovar.

– Det ska jag. Ha det!

– Detsamma.

Medan han ändå var igång med att ringa, slog han in direktnumret till rättsläkare Ann-Katrin Dahlström.

– Rättsmedicin, du talar med Ann-Katrin, svarade kvinnan i andra änden.

– Hej Ann-Katrin. Det är Anders Johansson från Ormboda.

– Nämen hej Anders. Hur passade strumporna?

– Alldeles utmärkt! Hur är det, har du hört om det är
någon identifiering på gång?

– Ja. Det kommer en man. Hansson heter han, klockan
11. Vi bokade in det i går efter att du var här. Jag glömde
säga det när jag sprang på dig.

– Okej. Bra. Ringer du när ni är klara så jag får höra hur
det gick.

Det knackade på dörren.

– Jag måste sluta. Vi hörs!

– Det gör vi. Hejdå.

Anders ropade åt personen på andra sidan dörren.

– Kom in!

Dörren öppnades, det var Agneta, från receptionen.

– Hej. Jo, en Lars Hansson är här. Han säger att han vill
tala med dig och ingen annan.

– Jag kommer.

Anders gick ut i receptionen och mötte honom.

– Hej Lars. Hur kan jag hjälpa dig?

Lars Hansson tog till orda.

– Jo, kommissarien, jag var precis på väg till Sundsvall,
men det är en sak jag vill berätta för er först. Det är
säkert inget, men jag ville ändå ha det sagt.

– Berätta.

– Julia gick ut i går och har inte kommit hem än.

– Jaså? Brukar hon göra så?

– Nej, hon brukar höra av sig. Härom kvällen gick hon förvisso en promenad och blev borta en bra stund, men hon kom i alla fall hem. Men nu är hon som sagt fortfarande borta. Hon sa inte om hon skulle träffa någon eller vart hon skulle. Margareta är utom sig av oro. Ja, ni vet ju hur kvinnor är.

– Har hon någon pojkvän kanske?

– Nej. Ingen flickvän heller. Hon har inte så många nära vänner alls faktiskt.

– Okej. Jag tror inte ni behöver oroa er. Hon behövde säkert bara komma bort lite. Det har ju varit mycket för henne.

– Ja, kommissarien har rätt det är nog inget att oroa sig för.

– Så du åker till Sundsvall nu då?

– Ja, men jag skulle ljuga om jag sa att det inte kändes gruvsamt, kommissarien, sa Lars.

– Det är dessvärre ett nödvändigt ont.

– Jo, det är väl det. Ni ska ha tack för att ni tog er tid, kommissarien.

– Det var så lite. Hör av er om hon förblir borta framåt kvällen.

– Vi säger så.

De skiljdes åt och Anders vandrade iväg mot sitt postfack. Där stod den gröna lådan med Jespers ägodelar. Anders tog den med sig och gick mot sitt arbetsrum. Han kikade igenom lådan och såg nyckeln. Han insåg att de aldrig varit till Jespers lägenhet. Det hade helt enkelt inte funnits behov. Och nu när det hela var löst fanns det väl ingen anledning att åka dit. Men man kanske borde ta en titt för säkerhets skull? Det fick bero. Han tog upp iPhonen. Den hade en påklistrad post-it-lapp med koden 7926 på. Han låste upp telefonen. Även om allt var på italienska kunde han tyda symbolen för kamera, för att sedan gå in på bilder. Det var bilder från något varmt ställe. En hamn med båtar. En blå Alfa Romeo. Bilder på olika maträtter. Anders bläddrade och bläddrade för att sedan bli alldeles kall. En porträttbild på en man dök upp. Samme man han av en slump sett hoppa in i en taxi utanför hotell *Knaust*. Men den här gången var han säker. Ingen tvekan om saken. Han kände igen blicken på en gång. En blick han mött så många gånger. Karl-Fredrik Lundin lever.

TJUGOTVÅ.

– Julia! ropade Anders rakt ut, när polletten trillade ner.
Anders slet på sig jackan och sprang bort till Elins arbets-
rum.

– Släpp det du håller på med och följ med!

– Vad är det som pågår?

– Gör för fan som jag säger!

Han ringde Lars Hansson.

– Vänd om och åk genast hem, vi möter dig där.

– Har ni hittat Julia? sa den skräckslagne gamle militären.

– Nej, men något annat. Åk hem och möt oss där. Är Mar-
gareta hemma?

– Ja, hon håller ställningarna ifall Julia kommer hem, vill
kommissarien vara vänlig och prata ur skägget?

– Vi tar det hos er.

De satte sig i Anders bil och körde utan ett ord, i ilfart till
Fredrika-Doroteas gata 2. Anders bankade på dörren.

– Hej, sa Margareta.

– Hej Margareta. Kan vi få se på Julias rum? sa Anders,
nästintill andfådd.

– Javisst.

Anders skyndade upp för trappen med Elin och Margareta
i släptåg.

– Vet du om Julia fått något samtal eller blivit kontaktad
av någon?

– Nej, eller jo hon och Jesper fick ett brev härom dagen

men jag vet inte vad det har med saken att göra. De blev
bjudna på en inflyttningsfest.

– Inget annat?

– Nej, inte vad jag kan komma på.

– Såg du den här inbjudan någon gång?

– Jag gav henne brevet.

– Jo, men läste du det?

– Usch nej, man läser väl inte andras korrespondens? Vem
tar ni mig för?

– Så du vet inte säkert att det var en inbjudan?

– Nej, men Julia skulle väl aldrig ljuga för mig eller Lasse.

– Okej, vi får hjälpas åt att leta det.

– Till vilken nytta då?

– Jag har skäl att tro att Julia kan ha blivit bortförd.

Anders avbröts av att ytterdörren slogs upp och Lars Hans-
son sprang upp för trappan

– Vill kommissarien vara så god att förklara vad det är
som pågår? frågade Lars.

– Vad menar du med bortförd? sa Margareta.

Anders satte sig ner på Julias stol.

– Sätt er, sa han och pekade mot Julias säng, innan han
fortsatte.

– Ni kommer inte tro era öron, men jag har just fått reda
på att Karl-Fredrik Lundin inte alls är död. Jag utgår
från att Jesper har träffat honom, kanske även Julia. Har
ni märkt av någonting?

Elin och makarna Hansson såg ut som fågelholkar.

– Lever han? sa Lars.

– Jag är säker på det. Jag har själv sett honom.

– Vart då?

– Igår, i Sundsvall. Jag trodde bara att det var någon som
var väldigt lik honom. Men sedan upptäckte vi att vi

hade hans telefon på stationen, och i den fanns en bild
som liksom ställde det bortom alla tvivel. Han lever.

– Men kommissarien, detta är ju något oerhört. Hur fick
ni tag på telefonen?

– Jesper hade den i fickan när han greps.

– Hur har den hamnat där?

– Jag har verkligen ingen aning, sa Anders och ryckte på
axlarna.

– Kan de ha stämt möte någonstans? frågade Lars Hans-
son.

Anders svarade inte, utan tänkte efter, osäker på hur han
skulle formulera nästa fråga.

– Hur tror ni att Jesper skulle reagera om han såg sin
pappa? sa han.

– Det är inte lätt att säga. Hur hade man själv reagerat?
Det lär ju verkligen vara som att se ett spöke, menar
jag. Han har ju varit borta så länge. De var med och
begravde honom. Själv hade jag nog fått en knäpp.

– En knäpp, säger du?

– Ja, blivit tokig, galen, hysterisk. Kalla det vad du vill.

– Elin, vi måste åka. sa Anders plötsligt.

– Okej, hör av er om ni får tag på Julia. sa Elin till makarna
Hansson.

– Ska ni bara gå nu? frågade Margareta som dittills suttit
tyst.

– Vi måste till stationen och informera kollegorna så vi
kan göra en plan och utfärda rikslarm på Karl-Fredrik
och Julia.

De satte sig i bilen och satte av mot stationen.

– Du kunde väl för fan sagt något om Lundin, på vägen
dit? muttrade Elin.

– Jag tror jag vet hur det gick till när Jesper greps. sa Anders, som om han inte hört henne.

– Hurdå?

– Precis som Lars sa. Han blev knäpp. Lahti och Ivarsson misstog det för att han var full och arg. Han var helt enkelt i sådan chock att det brast för honom. Stackars kille.

– Vi måste prata med någon av dem.

– Lahti sitter ju hos oss, så vi börjar där.

Anders och Elin kom fram till polisstationen; i en av fyllecellerna satt ännu Stefan Lahti i väntan på att flyttas till häktet i Gävle.

– Hej Stefan. sa Anders.

– Hej.

– Jag ska fatta mig kort. När ni grep Jesper Lundin. Vad sa han då?

– Nej vadå? Han var ju pissfull?

– Han hade ingen alkohol i kroppen överhuvudtaget. Svara på frågan, vad *sa* han?

– Det minns jag inte.

– Tänk efter.

– Han svamlade något om sin farsa tror jag. Att hans farsa skulle ta oss. Han lär väl vara advokat eller något, vi får höra sånt hela tiden.

– Sa han något mer?

– Att nån var tillbaka, Spagettikungen?

– Pastaprinsen?

– Ja! Så var det. Fast han var väl en slags gangster som blev sprängd i bitar så det fattade vi inte. Han var hur som helst jävligt osammanhängande.

– Tror du det är möjligt att han kan ha haft någon typ av chockreaktion?

– Som gjorde att han ballade ur, menar du?

– Jag föredrar nog ändå chockreaktion, men visst.
– Något var det i alla fall. Var han inte full eller påtänd så är det väl möjligt, antar jag.
– Okej, tack då hade jag inga fler frågor.
– Jag har en fråga. sa Elin. Om du kommit undan med allt det här och Danne hade åkt in och så vidare, hade du kunnat leva med det då?
– Jag vet faktiskt inte. Jag vill tro att jag hade kommit till insikt alldeles oavsett men det är svårt att säga. Innan ni tog mig gjorde jag allt för att komma undan. Nu är jag nästan lättad.
– Du har skjutit en oskyldig människa mitt emellan ögonen, och du är lättad?
– Så skulle jag beskriva det, svar ja.
– Eh, kom Anders så går vi. Han kan sitta här och vara lättad ifred.

De kom ut ur cellen, Elin fortsatte.

– Hur fan kan man säga så? Att man är lättad när man haft ihjäl två personer?
– Ja, det kan man fråga sig. Hur som helst så stärker det han säger min teori om att Jesper var i svår chock när han greps. Då kan vi anta att han träffat Karl-Fredrik strax före. Men frågetecknen blir ju bara fler. Vad gjorde han här? Vem var det som satt i bilen när bomben detonerade? Vi vet att han varit i Italien, i alla fall på slutet, och att han kallat sig Alessandro Motta. Vi behöver åka till Jespers lägenhet och kolla om det finns något där som tyder på att Karl-Fredrik varit i kontakt med honom tidigare.

Anders tog lägenhetsnyckeln ur den gröna korgen, sen gick han och Elin till bilen och åkte mot Jespers lägenhet. Den låg på Norrskensgatan 71, ett höghus med loftgångar.

Jesper bodde på sjätte våningen. Anders och Elin gick trapporna upp, och letade på dörrarna tills de såg dörren med namnet J Lundin på. Anders låste upp och de gick in.

På hallgolvet låg post. Två fönsterkuvert, det ena från Telia, det andra från ett inkassobolag. Sen var det en hög med reklam. Inget annat.

Lägenheten bestod av ett rum med sovalkov, ett badrum och ett litet kök. Man såg i princip hela lägenheten från hallen. Det var rejält stökigt. Det fanns en tvåsitssoffa, en Les Paul-gitarr av märket *Gibson*, en tv, en gitarrförstärkare, en bokhylla med en stereo i, ett litet matbord med två stolar och lite träningsredskap. Ovanför soffan hängde en stor tavla föreställande »The Smiths« med initialerna JL nere i högra hörnet och texten: »*There is a light that never goes out*«, skrivet stort med röda bokstäver.

– Det är bergis Julia som målat den där. sa Anders till Elin.

– Men herregud, vad duktig hon är.

– Verkligen.

De båda poliserna fortsatte att söka igenom lägenheten en stund. Elin hittade ett fotoalbum med bilder tagna från år 2000 till 2008. Föräldrarnas ansikten var totalt sönderritade med blått bläck på samtliga bilder där någon av dem var med. Den som målat över bilderna hade tryckt så hårt att det nästan gått hål i fotopapperet.

– Man behöver ju inte jobba på *NFC* för att förstå vem som gjort det här. sa Elin och visade albumet för Anders.

– Nej, det känns ju onekligen som att Julia i alla fall tyckte ganska bra om sin pappa. Hon verkade mer tycka illa om mamman, för att hon gjorde sig, som Julia själv beskriver, till »ett offer«. Jesper å andra sidan verkar ju...

Anders stannade upp. Det var något med det han just förklarade som öppnade upp för en helt annan möjlighet.

– Jesper vadå? sa Elin

– Väskan.

– Vilken väska?

– Det stod en resväska på Julias säng när jag var där och pratade med henne.

– Gjorde det?

– Jag tror det. Jag har för mig det. Hon blev irriterad på mig när jag ifrågasatte vad jag tyckte lät som beundran av Karl-Fredrik från hennes sida. Vi måste åka till Hanssons. Vi får ta itu med det här sedan.

De båda poliserna släckte, låste och skyndade ut till bilen och åkte tillbaka mot makarna Hanssons bostad på Fredrika Doroteas gata 2.

Elin bultade på dörren och Margareta Hansson öppnade.

– Har ni hittat henne?

– Nej, har Julia något pass?

– Pass? Jodå, hon har ett pass men det har några år på nacken. Vänta ska jag ta fram det.

– Stämmer min teori kommer hon inte hitta det, viskade Anders till Elin efter att Margareta Hansson gått för att hämta det. Margareta återvände efter en stund.

– Det är konstigt, jag kan inte hitta passet. Mitt och Lasses låg där, även Jeppes… Ni tror väl inte hon följt med den där galningen frivilligt?

– Du känner Julia bättre än någon av oss. Vad tror du?

– Julia sa aldrig ett ont ord om sin pappa. Nästan aldrig ett gott ord heller när jag tänker efter. Hon pratade inte så mycket om honom över huvud taget. Hon var ju så liten när han dog. Eller försvann, eller vad man ska säga. Mamman däremot, henne tyckte Julia inte om. Hon kände att hon övergivet henne. Att Stina offrade sina barn för att hon själv hade det tufft. Och istället för att göra något åt saken söp hon ihjäl sig. Då var pappan sedan länge död och begraven. Julia tyckte att hennes mamma skyllde all sin olycka på honom, men tog ut den på henne och Jesper.

– När jag var här och pratade med Julia i går höll hon på att packa en väska. Vi hittar inte det där brevet hon påstod var en inbjudan och passet är borta. Tre saker som talar för att Julia följt med honom frivilligt. Vi måste åka till stationen och diskutera nästa steg. Jag återkommer till er sedan. Om Julia kontaktar er vill jag att ni är tysta om att vi vet att Karl-Fredrik är tillbaka. Det skulle kunna innebära fara för henne och försvåra utredningen för oss. Var är Lars förresten?

– I Sundsvall. Han bokade om tiden, men såg till att det blev gjort i dag i alla fall.

– Okej, hälsa honom så hjärtligt.

– Det ska jag.

Anders och Elin återvände till polisstationen.

– Konferensrummet om en kvart. Obligatorisk närvaro! ropade Anders till sina kollegor.

Anders gick raka vägen till kaffeautomaten, valde det vanliga svarta kaffet och ställde dit sin kopp med texten,« *Good Cop, Bad Cop, Kaffekopp*«, han fått i present av Bolinder någon gång för länge sedan.

Borde han kanske ringa Bolinder och berätta att Pastaprinsen lever? Vad skulle hända då? Bolinder var trots allt honom hack i häl under väldigt många år och har betydligt större kännedom om Karl-Fredrik Lundin än honom själv.

Han gick in i konferensrummet. Där satt Lucia Jara, Elin samt två poliser som tillfälligt ersatt Månsson. Sara

Krafth, som varit med vid E4an när de hittade Conny Eriksson och upptäckte att Jespers kropp var stulen, samt en konstapel som hette Pelle Szborsky, båda var väl insatta i fallet då Lucia noggrant hade informerat dem.

– Hej på er. Jag sätter igång direkt. Karl-Fredrik Lundin lever. Han bor i Palermo under namnet Alessandro Motta. Hans son Jesper dog under ett polisingripande här i huset. Hans dotter Julia är försvunnen sedan i går.

– Vet han om att vi vet att han lever? sa Sara.

– Nej. Det finns inget som tyder på det.

– Har ni provat »Hitta min iPhone?« sa Pelle

– Allt sånt är avstängt. Fler frågor?

Det var tyst i rummet. Anders fortsatte.

– Då så. Vi vet som sagt att han numera kallar sig för Alessandro Motta, men vi tror att han reser under namnet Nemanja Krkic. Lucia har talat med flygplatspersonalen i Sundsvall som har bekräftat att en serbisk medborgare med det namnet landade dagen innan Jesper dog. De kunde spåra att han rest från Milano, mellanlandat på *Arlanda* och slutligen landat på *Sundsvall-Timrå Airport*. Det var även det namnet mannen på Knaust som vi misstänker är Karl-Fredrik, checkade in under. Teorin är alltså att han rest under annat namn och nationalitet. Svenske Karl-Fredrik, italienske Alessandro och Serbiske Nemanja, är alltså en och samma person. Julia däremot, tog med sitt pass och reser förmodligen under sitt rätta namn, såvida de inte tog med det som underlag för att kunna göra ett falsk pass även till henne.

– Tänk om de redan lämnat landet då?

– Jag såg Karl-Fredrik i går eftermiddag, då han klev in i en taxibil som skulle lämna av honom vid kyrkan i Bosvedjan.

– Bosvedjan? Var det inte där Johan Asplund försvann? Som Quick senare sa att han hade mördat? undrade Pelle.

– Jo, men det var väl nån gång på 80-talet? sa Sara.

– Jag menade inte att det hörde ihop.

– Om vi kan låta bli att slänga in olika kuriosa, så kommer vi snabbare bli färdiga. Förstått? röt Anders.

– Ja. sa Pelle, surt.

– Finns det inga övervakningskameror på flygplatsen? frågade Elin.

– De håller på och kollar det.

– Okej.

– Vi behöver dela upp oss. Ni, Pelle och Sara kollar alla tänkbara tåg, flyg och färjeavgångar inom rimlig tid. Vi övriga åker till Sundsvall. Där åker Lucia och Elin till Bosvedjan och knackar dörr. Börja så nära kyrkan ni kan. Jag ska se till att vi får hjälp av Sundsvallspolisen också. Jag åker till *Hotell Knaust* och pratar med personalen där, sa Anders.

– Nu? sa Elin.

– Ja, vi får jobba över i dag igen. Det utgår givetvis OB-ersättning. Jag bjuder på pizza innan vi åker. 1-45, inga utsvävningar. Inget kladd.

– Då så. sa Elin.

Arbetslaget skiljdes vid pizzerian *Målet* och Anders, Elin och Lucia rullade ut från Ormboda och satte av mot Sundsvall. Elin körde och Anders såg till att de fick hjälp av Sundsvalls ordningspolis med dörrknackningen i Bosvedjan. Lucia pratade med sin sambo och berättade för denne att hon skulle komma hem sent.

Vid rastplatsen, där Stefan Lahti sköt begravningsentreprenören Conny Eriksson och stal Jespers kropp, hade folk tänt gravljus och lagt blommor. Anders mindes att Bolinder någon gång påstått, att det aldrig hade skett i Sverige före mordet på Olof Palme; en utredning Bolinder själv arbetade med i en mindre betydelsefull roll innan han och hans familj flyttade till Ormboda, där han sedermera blev kommissarie.

De kom fram till Sundsvall. Kollegorna släppte av Anders vid *Hotell Knaust* innan de åkte vidare mot Bosvedjan. Anders gick in genom dörren och ringde på klockan i receptionen. Receptionisten var densamma som vid besöket dagen innan.

– Hej igen, jo jag skulle behöva titta på rummet Nemanja Krkic bodde i, sen vill jag tala med alla i personalen som jobbat under tiden han var här.

– Det går inte. Rummet är städat och en ny gäst använder det.

– Okej, jag förstår. Han lämnade inget efter sig likt av en händelse?

– Jag ska se efter.

– Gör så.

Receptionisten gick iväg och återkom lika snabbt.

– Nej, inget glömt.

– Hur länge var han här?

– 4 nätter.

– Vilka mer i personalen kan ha träffat honom?

– Som är här nu? Inte mer än två-tre pers.

– Samla ihop dem i något ledigt utrymme och säg till när ni är redo. Har ni kaffe någonstans? sa Anders och trummade med fingrarna på receptionsdisken.

- Ja visst, svarade receptionisten och pekade mot andra sidan lobbyn

– Tack.

Efter femton minuter kom hon tillbaka och visade Anders

till ett ledigt konferensrum. Utöver henne själv hade hon hämtat tre kollegor.

Anders började förklara.

– Hej! Jag heter Anders Johansson och kommer från Ormbodapolisen. Fram tills i går hade ni en gäst här som hette Nemanja Krkic. Vad kan ni berätta för mig om honom?

En kvinna i 40-årsåldern började.

– Han åt alltid på sitt rum, han var i princip aldrig utanför, utan beställde mat via roomservice. Vi har en jättebra frukost här men han var den enda som beställde till sitt rum. En macka med tomat och mozzarella och dubbel espresso, varje morgon klockan 8. Sen gick han ut på gatan och rökte. Det var väl bara då han lämnade rummet. Under dagarna syntes han inte till så mycket alls. Han var trevlig och artig men han lämnade inget bestående intryck. Eller jo förresten.

– Vadå?

– Han hade väldigt fina ögon, klarblåa. Lär vara ovanligt på kontinenten.

– Sa han någon gång varifrån han kom?

– Jo alltså han visade sitt pass, men jag kommer inte ihåg vilket land det var han kom från, men som jag nämnde igår talade han engelska med någon form av brytning, sa receptionisten.

– Just ja, Balkan trodde du?

– Javisst, men sen hör man ju på namnet att det kommer därifrån, forna Jugoslavien nånstans. Men jag kommer inte ihåg om passet var serbiskt eller kroatiskt eller kanske bosniskt. Jag minns helt enkelt inte det.

– Hände det något annat när han var här?

– Jodå, det händer alltid saker på hotell. Men inget som
han var inblandad i.

– Är det någon annan som har något att tillägga?

Samtliga skakade sina huvuden.

– Okej. Tack för att ni tog er tid.

Anders återvände till receptionen med receptionisten.

– Jag behöver få tag på taxichauffören. Vilket bolag?

– *Taxi Drakstaden*, 060 12 34 56.

– Har de det numret på riktigt?

– Ja, vill du låna telefon?

– Nej, jag har min egen.

Anders gick ut på gatan och ringde.

– Hej, jag heter Anders Johansson och är polis. Om den
chaufför som körde en viss Nemanja Krkic i går, jobbar i
dag, vill jag att han hämtar mig på samma ställe, utanför
Hotell Knaust.

– Han heter Toomas Tamas och jobbar ikväll, men han är
på en körning nu. Han borde kunna vara utanför *Knaust*
inom en halvtimme, funkar det?

– Det blir bra. Tack så mycket.

Efter 25 minuter kom den svarta taxibilen. Anders steg in.

– Hej Toomas. Jag vill att du kör mig samma sträcka som
du körde en man vid namn Nemanja Krkic i går.

– Absolut, inga problem.

– De åkte till *ICA* på Esplanaden. Toomas Tamas stan-
nade bilen.

– Här gick han in, sa Toomas Tamas.

– På *ICA*? frågade Anders.

– Yes, han skulle in och köpa cigaretter, tror jag.

– Kan du vänta här?

– Visst, men taxametern går.

– Låt den gå.

Anders gick in på *ICA* och gick fram till kassan. Han visade sin polislegitimation.

– Hej har ni kameror här?

– Nej, vi säljer inga såna. Prova på *Claes Ohlsson.*

– Förlåt om jag var otydlig. Sitter det övervakningskameror i butiken?

– Jag skojade bara. Jo, vi har kameror, sa killen bakom kassan och pekade mot en av kamerorna.

– Kul. Jag skulle vilja få ta mig en titt på filmen från i går eftermiddag.

– Det går inte. Filmen spolas över efter ett dygn.

– Jaha. Tack ändå.

Anders gick ut till taxin igen.

– Fortsätt, sa han, medan han satte på sig säkerhetsbältet.

– Allright..

– Okej. Vilket språk pratade han?

– Engelska.

– Bröt han?

– Ja, hur visste du det?

– Skitsamma, hur var han?

– Vad menar du?

– Verkade han spänd eller så?

– Jag vet inte, jag tyckte han verkade glad?

– Sa han något speciellt?

– Nja, han pratade om vädret mest.

– Sen då?

– Nej, sen var vi framme och han betalade mig.

– Hur betalade han?

– Han ville helst betala med euro, men vi tar inte emot det, så han använde kortet.

– Okej, har du nån kopia av transaktionen?

– Nej, han fick sitt kvitto, vi sparar våra digitalt, miljön du vet, men jag kan mejla det till dig om du vill?

– Gör så. Mejladressen står här. Stort tack!

Anders räckte över sitt visitkort till Toomas Tamas, betalade och hoppade ur taxin. Han såg upp mot kyrkan.

– Vad fan skulle de hit och göra?

Telefonen ringde. Anders kände inte igen numret.

– Anders?

– Hej Anders. Det är Ann-Katrin Dahlström. Jag ringer från min privata mobil. Är du i Sundsvall idag igen?

– Hur vet du det?

– För att jag förföljer dig såklart.

– Va?

– Nejdå. Jag såg dig på *Knaust*. Då kom jag på att vi bestämde att jag skulle ringa dig efter identifieringen.

– Hur gick det?

– Ledsamt som alltid. Han verkar vara en fin gubbe, han, Lars Hansson. Han har varit militär va?

– Hur visste du det? Spionerar du på honom också?

– Haha nja det var mer det att han beter sig exakt som en militär. Väldigt vänlig, men samtidigt nästan radiostyrd. Han kallade mig *doktorn* istället för du hela tiden.

– Jo han kallar mig för *kommissarien* också. Men själva identifieringen gick bra va? Han identifierade honom som Jesper alltså?

– Jodå.

– Bra.

– Jaha, vad gör du nu då?

– Jag står vid en kyrka i Bosvedjan och undrar varför man åker hit av alla ställen.

– Varför åkte du dit då?

– Spåren ledde mig hit, vi får ta det en annan gång. Det ringer på andra linjen. Jag måste ta det. Vi hörs.

Anders la på innan Ann-Katrin hann svara. Sen tog han emot det andra samtalet. Det var Kristina, hans granne som var hundvakt.

– Anders?
– Det har hänt något förskräckligt!
– Vadå?
– Det är Hermann. Han har rymt.
– Har han rymt? Han rymmer väl aldrig. Har du ropat på honom?
– Ja, jag har ropat och lockat på honom men han kommer inte.
– Lugn nu. Han kommer nog snart tillbaka, ska du se. Han har nog bara fått spår efter en hare eller något.
– Tror du verkligen det?
– Helt säkert. Hermann klarar det mesta, han är nog snart tillbaka. Jag ringer om en stund.

Anders hade haft hand om Hermann sedan han var valp och aldrig varit med om det, men det kunde han inte gärna säga till Kristina.

De la på och Anders ringde Elin, som mötte upp honom.

TJUGOTRE.

Hon såg hundens svans och följde efter. Varje gång hon föll, skällde hunden. Det var en duktig hund. Hon föll på nytt och denna gång kom hon inte upp, trots hundens ivriga påhejande. Hunden slutade skälla och sprang iväg. Hon tänkte: Vart tog du vägen? Ska du lämna mig här? Gamla trötta ben som knappast bär, lerig och lortig, hua, så jag skäms. Man kanske gör bäst i att lägga sig ner och dö. Vad var det här bra för? Kallt och mörkt på samma gång. Man fastnar så förskräckligt.

– Hallå! kom då! Kom tillbaka! ropade hon rakt ut. Ropen ekade över åkern. Men hunden syntes inte till.

Hon satt kvar i lervällingen. Det gick inte längre att komma upp. Hon försökte förgäves nå sina värkande, svullna fötter. Samtidigt hörde hon ett ljud, som kom långt bort ifrån. Hundskall. Det lät som det kom närmre och närmre.

Den gamla damen trodde inte sina ögon när hon såg hunden komma med en människa i släptåg.

– Hallå! snälla hjälp mig!

TJUGOFYRA.

Klockan 23:38 satt polistrion från Ormboda återigen i bilen på väg hemåt.

Det hade visat sig att Karl-Fredrik köpt en bil av en man i Bosvedjan och att de bestämt träff där. Han hade betalat kontant, men när säljaren fick höra att det kunde röra sig om ett människorov hade det inte spelat någon roll att Karl-Fredrik lagt på 10.000 utöver priset på bilen i ett försök att även köpa mannens tystnad om hela transaktionen.

Bilen det rörde sig om var en Mercedes-Benz R 300 L. Med regnummer SEC213. Ägarbytet hade skett med blanketter som skulle postas och den tidigare ägaren Dennis Nordin hade fått tydliga instruktioner om att låta detta bero en vecka.

Hemma i Ormboda hade det hänt något makalöst. Den pensionerade polishunden Hermann som slitit sig tidigare på kvällen hade hittat den försvunna Anna Pettersson och sett till att hon fick hjälp. Den gamla damen hade uppehållet sig i en övergiven stuga, hennes familj en gång ägt. Bara ett par kilometer utanför stadskärnan. Sökandet var avbrutet sedan dagen före då ingen hade räknat med att hon ännu var vid liv. Hon hade gått till *Hemköp* den där kvällen, för att handla mat inför sitt besök till stugan, sen hade det tagit väldigt lång tid för henne att ta sig dit. När maten var slut gick hon helt sonika in mot staden igen och det var då Hermann lyckades leta rätt på henne.

Anders vaknade när klockan ringde 07:00. Han klev ur sängen och när han, som alla andra morgnar riskerade liv och lem med sin kaffebryggare, fick han en rejäl elektrisk kyss av den antika apparaten.

– Satans jävla pisshelvete! skrek han.

Han gick en morgonpromenad med stadens hjälte, Hermann. Och lämnade denne åt Kristina.

– Ja, det gick ju bra i går trots allt sa hon.

– Absolut, rymmer han igen kanske han hittar tryffel, Lillemans pappa eller guld. Vem vet.

– Vem är Lilleman?

– En rappare från Malmö.

– Jaha?

– Han gjorde en låt som hette »*Vart tog pappa vägen*«.

– Jaha, näe, det var inte speciellt roligt, Anders.

– Det är sällan det när man måste förklara sina skämt, muttrade Anders tyst för sig själv.

– Va?

– Jag hör av mig. Tack för att du ser efter honom. sa han och log.

– Det går så bra så. Kom nu Hermann så ska jag läsa tidningen för dig.

– Jisses, sa Anders när han satt sig i bilen.

Han åkte till stationen och kollegorna samlades i konferensrummet. Nu var Daniel Ivarsson också med.

– Fint att du är här, Daniel.

– Tack.

– Nå, vart är vi? Vi har inte hört något från tullen så vi får utgå från att Karl-Fredrik och Julia lämnade landet innan rikslarmet blev utfärdat. Är det någon som känner sig manad på en tur och retur till Palermo? Skattebetalarna bjuder?

Elin räckte upp handen. Daniel Ivarsson också. Lucia hade ingen möjlighet att åka eftersom hon höll på att flytta. Pelle och Sara satt tysta.

– Bra då är vi tre. Jag kontaktar den italienska polisen så får de hjälpa oss. Jag återkommer. Slut på mötet.

TJUGOFEM.

Karl-Fredrik anlände till Bosvedjan, och steg ur taxin vid den stora kyrkan i gråvitt tegel där han bestämt träff med en kille han skulle köpa en bil av, som han hittat på *Blocket*. Pengar och nycklar bytte ägare, några papper skrevs innan han, återigen, var på motorvägen. Vid rastplatsen utanför Gnarp stannade han en stund och gick ut ur bilen. Polistejpen var borta och det var gravljus utställda på platsen. Karl-Fredrik rökte och tittade på klockan. Än var det flera timmar tills han skulle plocka upp Julia utanför *Coop* i Ormboda. Han satte sig återigen i bilen och ställde ett larm på telefonen, innan han slöt sina ögon och somnade.

Han drömde samma återkommande dröm. Jesper och Julia ropade på honom i drömmen. De behövde hans hjälp, men han kunde inte hjälpa dem.

Karl-Fredrik vaknade med ett ryck, efter att ha sovit i en timme. Han hade hoppats på att få sova dubbelt så länge. Han tittade ut mot ljusen som lyste i mörkret. Sedan började han rulla.

Han anlände till Ormboda och åkte mot *Coop*. Där stod redan Julia och väntade. Han blinkade åt henne med strålkastarna på bilen och hon hoppade in.

– Hej pappa. Har du köpt en ny bil? sa hon när hon satt sig i passagerarsätet

– Ja, på *Blocket* faktiskt. Visst är den fin?

– Ja, det tycker jag. Vad tidig du är?

– Du med! sa Karl-Fredrik och började köra.

De kom ut på E4an och åkte söderut.

– Du… du har inte ångrat dig, Julia? frågade Karl-Fredrik.

– Nej. Har du?

– Inte för en sekund. Det kommer bli bra det här.

– Bra! Orkar du köra nu då?

– Ja, jag tog ett litet break på en rastplats tidigare.

– Den där mordet hände?

– Ja, precis.

– Jag tror att det var Jespers kropp som blev stulen där.

– Tror du?

– Jo, men de måste ha hittat den. Lasse skulle identifiera honom imorgon.

– Det kan lika väl varit någon annan ska du se. Vi får hålla oss uppdaterade via nätet.

– Är du ens ledsen?

– Jag är jätteledsen, Julia. Men lika ledsen som jag är för att Jesper är död, lika glad är jag för att du ville åka med mig till Italien. Nu är det du och jag, Bella Principessa.

– När tror du vi är framme?

– Om jag kör hela natten nu är vi i Tyskland imorgon, mitt på dagen. Vi övernattar där och fortsätter dagen därpå. Har du kört på Autobahn någon gång?

– Nej.

– Skulle du vilja?

– Jag har inget körkort.

– Har du inte? Har inte den fantastiska Lasse lärt dig köra bil?

Julia översköljdes av dåligt samvete gentemot Lasse och Margareta. Tänk så oroliga de ska vara. Hon spände ögonen i Karl-Fredrik.

– Håll käften.

– Vad nu då? Var det känsligt?

– Jag sitter i den här jävla bilen med dig för att jag vill
vara med dig. Men tro inte att jag ska finna mig i att
du sitter och snackar skit om Lasse eller Margareta. Då
åker jag hem.

– Ska jag skjutsa hem dig?

– Nej. Sluta med det bara.

– Okej, sorry. Det var onödigt. Du får lära dig köra på
Sicilien. Där finns inget trafikvett ändå. Man tutar och
svänger liksom.

– Är du fortfarande kriminell?

– Det är en sån jävla tråkig klang i det ordet. Kriminell
och kriminell? Jag valde det stora livet, kan du kalla
det. Det bet mig i arslet ordentligt hemma i Ormboda.
Och det är jag oerhört ångerfull för. Nu lever jag en rätt
anonym tillvaro i Palermo. Min gamle kompis Marco,
som du träffade när du var liten, hjälpte mig att skaffa
en ny identitet.

– Marco jobbar väl åt maffian?

– Såhär är det Julia. Ingen italiensk regering oavsett färg har
någonsin brytt sig om någonting söder om Rom. Där-
för har maffian kunnat etablera sig där. Du har inte bara
Cosa Nostra på Sicilien, du har även ´*Ndranghetan* i Ka-
labrien och *Camorran* i Kampanien. Dessa områden är
helt beroende av maffian. Maffian är inget kriminellt gäng
i den bemärkelsen som det finns gäng i Sverige. Jag skulle
vilja hävda att den varit direkt livsviktig för människors
vardag på exempelvis Sicilien. Det är inte konstigare att
jobba för någon av de stora familjerna än vad det är att
jobba åt en kommun i Sverige. Maffians allra flesta upp-
drag är helt legitima. Det kan handla om sophämtning,

infrastruktur, nybyggnationer etc. Utan maffian skulle halva Italien vara ett sketet U-land. Förstår du?

– Lite i alla fall.

– Sen finns det vissa som bara fokuserar på det maffian gör som är av ondo. Har du hört talas om två domare som hette Giovanni Falcone och Paolo Borsolino?

– Nej.

– På 80-talet, under det andra stora maffiakriget, rådde det kaos på Sicilien, framförallt i Palermo. Några undersökningsdomare fick idén att skapa en domarpool där alla i poolen delade information med varandra. Tidigare kunde maffian oskadliggöra den enskilde domaren som utgjorde hotet och fallet lades ner. Men nu blev det svårare. Falcone och Borsolino med flera drog nästan 500 mafiosi till domstol i en specialdesignad bunker under fängelset i Palermo. Hur tror du sicilianarna reagerade på det?

– Jag vet inte?

– Det blev upplopp i Palermo, över hela ön protesterade vanligt hyggligt folk. Tusentals människor blev av med sina jobb. Domarna var så ivriga att sätta dit maffian för småbrott att de kastade hela ön under bussen.

– Hur gick det sen då?

– I maj, 92 dog Falcone av en bomb som placerats under motorvägen utanför Palermo. Borsolino dog även han, i en sprängning utanför sin mammas hus, några månader senare.

– Jättemånga måste ju ha dömts?

– Absolut. Marcos pappa var en av de som dömdes först. Många dömdes även i sin frånvaro. Toto Riina till exempel, La Belva. Han var ansvarig för bomberna mot domarna.

– Men nu då?

– Maffian finns kvar. Den blev dock försvagad några år. Men den finns kvar.

– Tror du svenska polisen kommer hitta oss?

– Nej. Men det är givetvis lite saker vi måste fixa.

– Vadå?

– Du behöver färga håret. Helst mörkbrunt. Vi behöver ordna alla papper åt dig. Sen måste vi se till att du lär dig italienska så fort som möjligt.

– Jag köper det andra, men varför måste jag färga håret?

– Vi ska inte sticka ut. Syns vi inte så finns vi inte. Du kommer sluta vara Julia Lundin från och med nu. Vad vill du heta?

– Ingen aning.

– Eller förresten du skulle kunna fortsätta heta Julia, men vi kan ju byta ut J mot Gi.

– Giulia?

– Fint va? Giulia Motta.

– Varför valde du det där jävla efternamnet?

– Valde och valde, jag fick det av Marco. Alessandro låter lite bögigt, tycker du inte?

– Haha, ja kanske det. Har du någon ny fru?

– Nej, inte längre. Under en period hade jag en kvinna från Trapani, men det tog slut för något år sedan. Hon tyckte att jag var för hemlighetsfull och orolig.

– Orolig?

– När man är på flykt är man orolig hela tiden. Det är givetvis jobbigast i början, men man lär sig leva med att hela tiden ha garden uppe och blicken över axeln. Alltid ha en flyktväg, alltid vara beväpnad och alltid vara beredd på att man när som helst bli röjd. Hon tyckte exempelvis jag var omöjlig att dela säng med eftersom jag sover så fruktansvärt dåligt. Skriker, slåss och håller på.

– Hur kommer det sig att du kom till Sverige just nu?

– För länge sedan skickade jag ett brev till en gammal man som bor i närheten av *La Vecchia* och sa mig vara en gemensam bekant till oss båda. I brevet bad jag vederbörande ringa om de någon gång skulle hugga ner den lilla skogen bakom *La Vecchia Signora* och säga *Kebnekajse*.

– Kebnekajse?

– Ja. Ett kodord. Jävligt tramsigt, jag vet.

Karl-Fredrik blev tyst och stirrade på vägen ett tag innan han återigen, började prata.

– Minns du din gamla speldosa med en ballerina?

– Nej?

– En sån där som snurrar när man öppnar locket? Skitsamma. Du fick den av en man som hette Ares Ünal när du fyllde tre. Jag hade gömt en nyckel i den och grävt ner den där. I ärlighetens namn ligger även kvarlevor efter några av mina konkurrenter där också. Ares Ünal själv, är en av dem.

– Varför grävde ni ner dem där?

– För att det var praktiskt. Limpan, min gamle kompanjon, dumpade de flesta genom att slänga dem i havet. Han tog båten en bit ut i kustbandet och sänkte dem.

– Hur kunde du ge dig på oskyldiga människor på det sättet?

– Se så, jäntan min. Var inte så jävla naiv. Det var inga pojkscouter direkt.

Ingen sa något på en lång stund. Bilen fortsatte rulla söderut längs ett ännu, snölöst Sverige.

TJUGOSEX.

Anders fick efter mycket om och men tag på en siciliansk polis, eller rättare sagt en karabinjär, som talade engelska. Han hette Franco Legrottaglie, och var någon form av mellanchef.

– Hello, my name is Anders Johansson. I'm a police from the Swedish town of Ormboda..

– Hello Andres Joansson, how can I help you?

– I wonder if you know about a man living in Palermo, by the name Alessandro Motta?

– Motta, you say? I think I know who you refer to. Let me check a couple of things and I'll get back to you.

Franco Legrottaglie la på luren innan Anders han replikera. Femton minuter senare ringde han upp.

– The man you are looking for is not in Sicily.

– But you just said that you thought you knew about him?

– I'm sorry. I can't help you.

Franco Legrottaglie lade åter igen på luren i örat på Anders.

Anders ropade på Elin. Hon satt i rummet bredvid och kom omgående.

– Jag hade ett sånt märkligt samtal med en polis där nere.

– Karabinjär menar du?

– Det är väl samma sak.

– Jo, i fredstid iallafall. Karabinjärerna är ju egentligen en form av militärpolis.

– Okej, tack för det inlägget. Vill du veta vad han sa eller inte?

– Berätta.

– Han sa att Alessandro Motta inte fanns på Sicilien. Sen la han bara på liksom.

– Tror du att Karl-Fredrik kan ha känningar i Cosa Nostra och att någon inom organisationen fått polisen att vara tysta?

– Maffian? Det är väl för fan inte 80-tal längre.

– Hur det än är, så vet nog den där polisen mer än vad han säger.

– Jo, det tror jag också.

– Ska vi åka dit ändå?

– Vi får inte gripa Karl-Fredrik utan hjälp från italiensk polis.

– Nej, det förstår jag också. Men vi kan i alla händelser hitta honom och Julia, för att sedan låta de högre upp begära honom utlämnad för de brott han begått i Sverige.

– Han har ju inte begått några brott annat än preskriberat skattefiffel, vad vi kunnat bevisa.

– Det är väl inte olagligt att leta en person? Jag tror att det är dags att du ringer Bolinder. Sen åker vi till Palermo och letar rätt på den där jäveln.

– Det låter som en plan. Fixar du biljetter? Hur länge kan vi behöva vara borta? Två dagar?

– Jag fixar enkelbiljetter så åker vi tillbaka när vi känner oss klara. Ska jag ta första bästa eller ska vi åka imorgon?

– Imorgon blir perfekt.

Motvilligt sökte Anders reda på Bolinders nummer.

– Hans Bolinder, svarade en röst i andra änden.

– Hej Hasse. Det är Anders Johansson

– Nä men, tjenare Anders. Hur kommer det sig att du ringer?

– Sitter du ner?

– Nej, men jag kan sätta mig. Vänta lite bara. Så, nu sitter jag.

– Pastaprinsen, sa Anders.

– Vad är det med honom?

– Han lever.

– Vad är det du säger? Du var väl för djävulen själv med när han brann upp?

– Det var inte han. Han var här i Ormboda härom dagen. Jesper är död och Julia är försvunnen. Hon har förmodligen följt med Karl-Fredrik till Italien.

– Jag hör vad du säger Anders, men att Karl-Fredrik Lundin skulle vara vid liv känns inte sannolikt. Jag behöver få smälta det här. Jag ringer upp.

– Jag vill be dig om en sak innan vi lägger på.

– Vadå?

– Jag behöver en lista med fall kopplade till Lundin, samt en redogörelse för varför det inte gick att gripa honom.

– Det var alltid samma sak. Det saknades kroppar. Folk bara försvann. Och alla runt Lundin, höll käften. Minns du exempelvis den gången en kvinna på skatteverket, begick självmord? Vi misstänkte länge Lundin för att vara inblandad då han var den hon särskilt granskade vid tidpunkten. Den gången fanns en kropp men Lundin hade ett vattentätt alibi. Vi kom inte åt honom. Han var alltid steget före. Han var hal som en inoljad gris, den mannen. Jag kopierade innehållet i några pärmar när jag slutade för att iallafall klara upp fallen. Låt mig se över saken så mejlar jag dig en lista.

– Tack Hasse.

– Hej på dig, Anders.

Anders gick bort till kaffeautomaten, fyllde sin Good cop, Bad cop, Kaffekopp-kopp och gick till Elins rum.

– Hur går det med biljetterna?

– Jodå flyget går 09:25 från *Sundsvall-Timrå Airport* sen är det mellanlandning på *Landvetter* och i Frankfurt. Vi är framme i Palermo runt kl 18.

– Bolag?

– *SAS, Norweigan* och *Lufthansa.*

– Har du fixat något hotell?

– Ja. Vad hette det nu. Vänta ska jag se efter… *La finestra sul porto*, det ligger någorlunda centralt.

– Bra! Hyrbil?

– En Fiat Punto, Grå.

– Kanon. Du kan inte lite italienska likt av en händelse?

– Accendino.

– Vad betyder det?

– Tändare. Sen kan jag väl säga ja och nej, och nämna lite maträtter och ingredienser. Fagoli till exempel, det betyder böna.

– Vi behöver alltså typ en ordbok.

– En sån har du ju i telefonen, jäkla boomer. Hur gammal är du egentligen?

– Jäkla vadå?

– Boomer.

– Vad innebär det?

– Slå upp det i en ordbok.

– Kul Elin, kul.

– Har du fixat hundvakt till hjältehunden än då?

– Nej, men efter hans ingripande lär det ju vara en baggis.

– Baggis? Som sagt, hur gammal är du?

– Hejdå, Elin.

Anders vandrade tillbaka till pentryt, stötte ner det kallnade kaffet och ställde koppen på bänken. Sen gick han tillbaka till sitt skrivbord. Elin kom en stund senare.

– Du, jag tänkte på det där du sa om att han inte begått
några brott som går att styrka, sa hon.

– Ja?

– Någon satt ju faktiskt i bilen när bomben small. Det
finns ju vittnen som såg att den backade nån meter
innan den exploderade. Lever Lundin så är det ju ett
mord. Vem var det?

– Det är en fråga vi aldrig lär få svar på.

– Varför då?

– Kroppen undersöktes aldrig av någon rättsläkare. Fram-
förallt eftersom dödsorsaken var så uppenbar, men sen
har jag för mig att de höll på att omorganisera på rätts-
medicin just då, så det drog ut på tiden och han hann
bli kremerad innan någon människa med kompetens
hunnit reagera…

– Hur identifierade man honom då?

– På en bit av en lyxklocka, jag kommer inte ihåg märket,
Rolex, Hublot, Cartier? Och hans vigselring. Alla visste
att Lundin hade fiender så vi antog att det var han och
hade jag inte sett honom med egna ögon häromdagen,
hade jag fortfarande trott det.

– Finns det bilder på liket och bilen?

– Ja, hur många som helst. Det ser ut som att någon lite
slarvigt täljt en gubbe av kol. Ingen näsa, inga fingrar,
etcetera. Ingen vacker syn. Men kolla i arkivet om du
vill se själv.

– Jag tror nog jag gör det.

Elin gick sin väg och Anders fattade sin telefon, letade rätt
på numret till intensiven och ringde. En allt för välbekant
röst, svarade.

– Intensivvårdsavdelningen, Marianne.

Anders lade på luren direkt.

TJUGOSJU.

Det var 10 grader varmt i Palermo när Karl-Fredrik och Julia körde av färjan från Neapel. De hade sovit på motell i Rostock och Milano för att den tredje dagen ta sig till färjeläget i Neapel. De körde direkt vidare till Alessandro Mottas våning på Via Vittoria Emanuele.

Julia gick runt i lägenheten.

– Så det är här du har varit i alla år?

– Ja, i stort sett. Det här blir väl bra? svarade Karl-Fredrik. Julia svarade inte utan fortsatte gå runt. Hon såg Karl-Fredriks krukväxter, tavlor och möbler. Ett inramat foto på henne och Jesper, från när de besökte Karl-Fredriks mormor när de var små. Mormodern hade dött redan innan Karl-Fredrik försvann och morfadern hade Julia aldrig träffat. Bilden visade henne och Jesper sittandes i Karl-Fredriks knä samtidigt som denne, i ett par avklippta jeans, skjorta uppknäppt till naveln, pilotsolglasögon och med en cigarrett i mungipan, rattade en traktor på tomatplantagen. Julia var för liten för att minnas händelsen, men det var ett fint kort.

– Den här bilden har jag aldrig sett? sa Julia

– Nej, jag förstår det. Marco hade hjälpt Nonna förstora den. Den hängde hemma hos henne. Det är din mamma som fotat den med Nonnas kamera. Sen när Nonna dog hade Marco sparat den till mig. Eftersom jag var tvungen att försvinna kunde jag inte ta med mig

någonting, som du säkert förstår. Men när jag flyttade in
här fick jag den av Marco, i inflyttningspresent.

– Kan vi inte åka dit?

– Till plantagen?

– Ja?

– Jo, visst kan vi det. Jag äger fortfarande 25 procent av all-
ting, men Marcos familj tog över själva verksamheten,
ett par år innan Nonna dog.

– Maffian alltså?

– Det där får du fan sluta med. Marco och hans familj är
fantastiska människor. Allt är inte svart eller vitt hela
tiden och ju förr du inser det, desto bättre, flicka lilla.
Jag ringer honom imorgon och säger att vi tittar förbi.

Karl-Fredrik tog upp en cigarett och tände den.

– Måste du röka inne?

– Ja!

Eftermiddagen gick och Julia gjorde sig hemmastadd i
Karl-Fredriks gästrum. Hon insåg att de behövde shoppa
en del grejer då hon heller inte hann få med sig så mycket
saker. Hon hörde genom väggen hur någon kom och att
Karl-Fredrik lät glad. Hon hörde steg som närmade sig
rummet, ett snabbt knackande innan dörren slets upp.

– Questa è Giulia, mia figlia. sa Karl-Fredrik och pekade
på Julia.

Bredvid Karl-Fredrik stod en liten tant, med den ojäm-
naste och gulaste tandraden, Julia Lundin hade sett i hela
sitt liv.

– Det här är Rachele, min hushållerska.

– Varför har du inte sagt något?

– Det var en överraskning, hälsa nu. Nig!

Den lilla damen omfamnade Julia och pratade med henne
på italienska.

– Scusa, non parla italiano molte benne, sa Julia och ursäktade sin dåliga italienska.
– Yes, I know. I will teach you! sa den lilla damen och skrattade.
Karl-Fredrik hade alltså sett till att hans hushållerska skulle lära Julia italienska. Julia viskade till Karl-Fredrik.
– Varför kan inte du lära mig istället?
– För att jag inte vet vart man ska börja. Rachele har undervisat hundratals ungar, före dig. Nu får du fan uppföra dig, väste Karl-Fredrik argt tillbaka.
– Grazie signora, sa Julia och neg igen.
Karl-Fredrik och Rachele gick iväg medan Julia, högst förvånad, stod kvar i sitt rum ett tag innan hon rotade fram hårfärgsförpackningarna hon köpt på en mack i Tyskland, gick till badrummet och färgade håret.

TJUGOÅTTA.

När Julia vaknade påföljande morgon var Karl-Fredrik borta. Det låg en lapp på köksbordet.

Julia!

Jag är ute och fixar en grej. Jag kommer snart. Ät frukost.
/pappa

Julia gick in i badrummet. Hon såg sitt mörkbruna hår i spegeln och undrade hur i hela världen det hade blivit som det blivit.

För en vecka sedan var hon och hennes storebror föräldralösa, hon bodde hemma hos Lasse och Margareta och gick på gymnasiet. Helt plötsligt dog Jesper. Hon hade lämnat allt hon hade och följt med sin pappa, som tydligen levde, till ett land där hon inte känner någon och inte kan språket. Hon ville ringa hem till Lasse och Margareta och berätta allt, men hon visste att det skulle innebära att hon återigen behövde skiljas från sin pappa. Hon klädde på sig och gjorde frukost. Pappa, eller möjligtvis Rachele, hade tydligen hunnit handla.

Hon åt en macka och drack yoghurt, satte sig i soffan och tittade på ett italienskt program, som hon förstod, handlade om någon gubbe som bodde på landsbygden.

Två och en halv timme senare kom Karl-Fredrik, glad som en speleman. På gränsen till manisk.

– Kom Julia! Jag vill visa dig en sak! sa han uppspelt.
Hon följde med.

Ute på gatan stod en likadan bil som de köpte i Bosvedjan, fastän röd och med italienska skyltar.

– Har du köpt en till?

– Nej! Det var en kille som hämtade den i går som målat om den och gjort den »italiensk«. Den är till dig!

– Va? Men jag har ju inget körkort. Det vet du ju.

– Inte än, men vi ska fixa det! Är du inte glad?

Julia blev glad, samtidigt som hon blev lite rädd att hennes far var sinnessjuk.

– Jo, jätteglad… Lite chockad bara.

Karl-Fredrik la en arm om henne.

– Det här kommer bli jättebra ska du se, Julia.

– Det tror jag också. Tack!

– Jag pratade med Marco och sa att jag ville komma till plantagen. Han kommer bli överraskad att återse dig. Är du klar för att åka?

– Ja, jo absolut.

– Bra! Då tar vi den här kärran. Hoppa in, så springer jag upp och låser.

Julia satte sig i passagerarsätet och Karl-Fredrik återvände, innan hon hunnit ta på sig bältet. När han klev in i bilen, såg hon att han hade ett hölster med en revolver i under ena armen.

– Vad fan är det där?

– En försiktighetsåtgärd. Jag har alltid med en sån. Det står en *Lupara* bakom sovrumsdörren också.

– Vad är det?

– Ett avsågat hagelgevär.

– Varför har du det? Vadå försiktighetsåtgärd?

– Asch, vi tar det någon annan gång. Är du taggad nu då?

– Nej, vi tar det nu. Varför har du massa vapen om du lämnat allt det där bakom dig?

– För att jag kort och gott, inte litar på sicilianare. Marco
är det enda undantaget. Sicilien är vackert, men det
kan också vara farligt här. Jag har mina skäl. Det var
länge sedan jag behövde använda ett vapen, men det
har hänt. Framförallt har det varit Marcos familj de har
varit ute efter. Det är ingen utom han, som vet vem jag
egentligen är, eller att min mamma var härifrån.
– Varför kom du hit då, om du inte litar på folk?
– Jag har aldrig litat på någon, förutom möjligtvis Marco,
som sagt. Jag litar inte ens på dig, Julia. Jag förstår att du
tycker allt gått för snabbt och att du hunnit ångra dig
tusen gånger. Men jag har inget annat val än att försöka
lita på dig.
– Jo, det har du rätt i. Jag har haft lust att ringa till Lasse
och Margareta flera gånger.
– Men du har inte gjort det?
– Nej. Jag vill vara med dig.
– Då så! Nu kör vi. Är du taggad?
Julia skrattade och de satte kurs mot plantagen.

Plantagen låg vackert inbäddad bland bergen vid den
lilla orten Sclafani Bagni. Eftersom tomaterna framförallt
skördas på vintern, var det full rörelse där. En tjock och
svettig man med mustasch och hängslen kom fram till
dem när de klev ur bilen.
– Carletto, fratello mio, come stai?! ropade han och kra-
made om Karl-Fredrik.
– Raro Medio, haha. Raro medio, svarade Karl-Fredrik.
Marco stirrade på Julia i några sekunder. Han granskade
henne uppifrån och ner innan han sken upp i ett stort
leende.
– Julia? Är det du? sa han på svenska.

Julia frös till, hon tittade vädjande på Karl-Fredrik innan
hon svarade.

– Ja, det är jag. Hur visste du det?

– Jag känner nog igen dig. Minns du mig inte?

– Haha nej, jag var så liten när jag var här. Kan du svenska?

– Din pappa har lärt mig lite. Men han är en ganska usel
  lärare.

Julia hade föreställt sig Marco mer som någon figur ur
Gudfadern eller Sopranos. Men nu när hon såg honom
såg han mer ut som en snäll, men något åldrad, version
av Super Mario.

– Kom Julia, så får du träffa mina barn.

TJUGONIO.

Elin återvände från arkivet med tre vadderade kuvert och fem stycken pärmar med gul rygg, alla märkta med bokstäverna, KFL. Hon satte sig i konferensrummet och började bläddra. Där fanns en mängd fotonegativ, utskrivna bilder, dokument, förhörsprotokoll, passfoton och allt man skrapat fram om Karl-Fredrik Lundin. I en av pärmarna fanns bilderna efter bilbomben. En totalbränd bil med en förkolnad människa i förarstolen. På en av bilderna såg man ännu rök välla ur den öppna munnen på en kolsvart skalle, som saknade ögon, näsa och öron. En fruktansvärd bild som var långt värre än Elin föreställt sig. Hon bläddrade vidare. Man hade sågat av taket på bilen och kroppen ramlade isär när den lyftes ut. Det var gräsligt alltsammans. Förutom närbilden på ansiktet fanns det bilder på när man lagt ut honom på marken bredvid bilen. Händer utan fingrar, fötter utan tår. En stor fläck av mänskliga vätskor som runnit ut över sätet på bilen. Elin hade aldrig sett något värre.

Visslande och med sol i sinne, kom Anders genom korridoren.

– Anders, kan du komma ett tag? ropade Elin.

– Om det här inte var Karl-Fredrik Lundin, vem var det då?

– Jag har verkligen ingen aning.

Anders öppnade ett av kuverten och tömde det på bordet.

En svårt brandskadad bit av en klocka och en ring ramlade
ur kuvertet.

– *Cartier*. Ser du?

Han tog upp ringen och läste inskriptionen.

– 1998-07-23 Stina.

– 98? står det så, 98?

– Ja, 1998-07-23 Stina.

– Men vad fan.

– Vadå?

– I pappren stod det ju att Stina och Karl-Fredrik gifte sig
00-01-01. Årtusendets första dag.

– Är du säker?

– Ja!

– Hur har det här inte upptäckts tidigare? Kan de ha gift
sig två gånger?

– Nej. De levde som sambos i många år, men det finns
bara ett giftermål registrerat.

– Det här måste vi kolla upp, Elin.

De slog in datumet och namnet Stina på webforumet *han-
tiormboda.se* och fick napp på en gång. En text och ett
bröllopsfoto dök upp.

*Den 23 Juli 1998, gifte sig Stina Magdalena Mattsson och
Johan Kenneth Igelström i Ormboda kyrka.*

Anders tappade hakan. Sen kastade han sig på telefonen
och ringde Bolinder, som svarade efter en signal.

– Bolinder.

– Tjena Hasse, det var Anders här igen. Känner du till
någon Johan Kenneth Igelström?

Det blev tyst i luren några sekunder innan Bolinder sva-
rade.

– Korpen.

– Va?

– Jag visste inte att han hette Johan. Men Kenneth Korpen Igelström var en hälare och en småtjuv i Ormboda som tidigare hade jobbat på Mattssons Pantbank. Mattsson var visst hans svärfar om jag inte missminner mig, eller fruns farbror, eller dylikt. Något jävla släktband fanns iallafall. Han fick sparken och kärringen stack sedan det uppdagades att Korpen stulit massa silver och guld från pantbanken. Det blev dock aldrig polissak.

– Var det därför han kallades Korpen?

– Nej, det hade hängt med sedan han var liten tror jag.

– Okej, vet du vad som hände med honom?

– Nej, egentligen inte. Han var liksom en del av stadsbilden. Satt ofta med fyllona i stadsparken om somrarna.

– Kände han Karl-Fredrik Lundin?

– Möjligt. Karl-Fredrik beblandade sig inte med slödder som Igelström, men ibland kunde han betala någon för att springa ärenden. Det är känt sedan tidigare.

– Såg du någonsin Korpen efter att Karl-Fredrik försvann?

– Jag vet inte. Den jäveln är det nog ingen som skulle sakna.

– Jag tror att det kan vara han som satt i bilen när den exploderade.

– Varför tror du det?

– Du vet vigselringen?

– Ja.

– Det var inte Karl-Fredriks, det var Korpens. Även han, var gift med en kvinna som hette Stina. Vi antog att Stina, var Stina Lundin, men jag är säker på att den Stina som åsyftas är Stina Mattsson som var gift med Kenneth Igelström.

– Vi verkar ha dragit en hel del förhastade slutsatser den gången, Anders.

– Jo.

– Jag hoppas du är stolt nu, Anders, sa Bolinder och la på
luren i örat på honom.

Bolinder blev förstås lite grinig, men Anders var på gott
humör när han åkte hemåt den kvällen. Han hämtade
Hermann och gjorde upp planer med Kristina över de
närmaste dagarna. Kristina var förtidspensionär och Her-
mann underhöll sig själv. Och nu sedan Hermann blivit
en lokal celebritet var hon om möjligt ännu mer förtjust i
att passa den lättsamma schäfern.

Anders och Hermann gick en lång kvällspromenad och
han funderade kring vad som skulle möta dem när de kom
fram till Palermo, om mindre än ett dygn. Det kanske var
som att leta en nål i en höstack. Polisen verkar veta mer än
de säger och ett gripande kunde inte bli aktuellt så länge de
inte samarbetade. Det handlade alltså om att kunna styrka
att Karl-Fredrik Lundin fanns i staden och var vid liv. De
kände till hans nya namn, Alessandro Motta och att han
verkar bo i Palermo. Sen hade de inte mycket annat att gå
på. Palermo var en stor stad, med en halv miljon invånare.
Anders arbetstelefon ringde.

– Anders Johansson, svarade han.

– Hello. This is Franco Legrottalie from Palermo.

– Hello.

– Someone told me that you will be coming to Sicily
tomorrow?

– Yes?

– The man you are looking for is not here, signore Johans-
son. You are wasting the taxpayers money.

– Yes, you said that before. How do you know we're coming?

– A little bird whispered it in my ear. What's the point of
coming here?

– Listen, mr Legrottaglie. If you don't want to help us then so be it. But you can't make us not come to Sicily.
– Signore Johansson. I'm affraid that you are gonna regret it.
– Are you threatening me?
– No, not at all but the man you are looking for is not here.
– How can you be so sure about that?
– I swear on my honor as a carabineri officer.
– Goodbye, Franco.

Nu var det Anders som la på luren i örat på Franco Legrottaglie istället.

TRETTIO.

En festmåltid hade dukats upp i personalrummet på plan-tagen. Stämningen var god och efter alla hade ätit lekte Julia med Marcos yngsta barn, en flicka i femårsåldern, som hette Maria. Det ringde på Marcos telefon och han lämnade rummet, med bekymrad min.

Efter ett litet tag hämtade han Karl-Fredrik. Julia satt kvar, men hoppade till ordentligt när hon från ingenstans hörde ett dånande vrål.

– HELVETE!

Karl-Fredrik skrek rätt ut när Marco berättade för honom att en konstapel i Palermo som fått nys om att tre poliser från Sverige skulle komma dagen därpå hade ringt och att de letade efter en viss Alessandro Motta.

– Julia, följ med mig. Jag måste prata med dig.

– Öh okej. Shit vad du skräms.

– Den svenska polisen kommer imorgon. De vet vart vi är.

– Va? Hur vet de det?

– Ni kan stanna här. sa Marco. Vi ska se till att de inte kommer åt er.

– Menar du det? sa Karl-Fredrik.

– Du räddade min bror från döden, Carletto. Självklart hjälper jag till. Jag ber min son Nicola och hans fästmö flytta in i din lägenhet temporärt. Så får de låtsas att det är deras om någon skulle fråga. Ni är säkra här. Jag går och ringer honom omedelbart.

TRETTIOETT.

När polistrion landade på *Giovanni Falcone & Paolo Borsellinos flygplats* i Palermo följande dag gick de direkt till biluthyrningen och hämtade den Fiat Punto som Elin bokat. När de satte sig i bilen och började åka, märkte de snart att en bil med texten, Carabineri, låg strax bakom.

– Det kan fan inte vara nån slump! sa Anders till de andra.

– Prova att parkera i nästa P-ficka så ser vi vad de gör, sa Daniel Ivarsson.

– Okej, vi provar.

Elin stannade och Carabineribilen innehållande fyra poliskonstaplar gjorde detsamma. Anders klev ur bilen och gick för att tala med poliserna.

– What is the meaning of this?

– Non parlo inglese, signore, svarade polisen och hånlog mot Anders.

– Did Franco Legrottaglie send you?

– Scusa, non capisco, signore.

Anders smällde igen bildörren och gick tillbaka till Fiaten.

– Kör till polishuset i Palermo. Jag letar reda på adressen.

Elin körde. Polisbilen följde efter.

När de kom fram till polishuset på Piazza Giulio Cesare var samtliga duktigt uppretade då polisbilen följde med dem ända fram till parkeringen. När de gick in genom dörren blev de grundligt visiterade, innan Anders stegade fram till receptionisten

- I want to speak to Franco Legrottaglie. Now.
- He's not here at the moment. Can i help you?
- Can you call him for me?
- No, he's very busy at the moment.
- Can you ask the Carabineri officers why they are following us?
- No I can't. I'm not allowed to interfere.
- Okay, tell mr Legrottaglie to call me when he gets here. Anders Johansson, Swedish Police.
- Okay. Have a nice day Mr Johansson.

Anders, Elin och Daniel gick ut och satte sig i bilen. Anders ringde upp Franco Legrottaglie och fick svar direkt.
- Franco Legrottaglie.
- This is Anders Johansson, from the Swedish Police.
- Ah. Anders Johansson. How do you like Sicily?
- Why are four carabineri officers following our every move?
- Don't mind them signore Johansson it's for your own good. They are nice people you see.
- We can't do our job if we have them around at all times.
- Well, signore Johansson. I told you that you would be wasting your time, didn't I?
- Can I see you in person?
- Just go home to Sweden.

Franco Legrottaglie avslutade samtalet.
- Jaha, och nu då? sa Elin
- Kör till hotellet.
- Allright, allright.

Den svenska polistrion åkte vidare mot hotellet med den italienska kvartetten hack i häl.

De kom fram och steg ur. Inne i lobbyn satt ytterligare två medlemmar av den sicilianska poliskåren och gjorde,

liksom sina kollegor inga ansträngningar att vara osynliga.
Tvärtom.

Anders, Elin och Daniel checkade in och gick direkt till
Anders rum.

Anders som var ursinning på italienarna började ome-
delbart leta efter dolda kameror och mikrofoner.

– Vad håller du på med? sa Elin.

– Vad ser det ut som?

– En paranoid människa som letar kameror.

– Bra observerat, Elin. Det är exakt vad jag gör.

– Hur ska vi göra? sa Daniel Ivarsson.

– Vi får försöka att vara mindre förutsägbara. Hittar du
några kameror, Anders? sa Elin

– Nej.

Anders slog sig ned i en fåtölj. Elin fortsatte.

– Vi är helt klart oönskade här. Vi får försöka att inte låtsas
om dem.

– Om han finns här vet de ju vart han är, förstår ni väl?
Karl-Fredrik vet nog precis vart vi är och vad vi gör från
det att vi klev av planet. Antingen sitter han och trycker
någonstans eller så har han lämnat ön. Helvete. Det är
totalt poänglöst att försöka göra någonting, så länge de
följer varje steg vi tar, sa Anders, svettig och arg.

– Ja, men ska vi bara ge upp då? Åka hem till Sverige
med svansen mellan benen så Karl-Fredrik och den där
jävla Legrottaglie kan skratta åt oss? Skärp dig för fan,
Anders. Jag håller med om att förutsättningarna är skit,
men det blir ju inte bättre för att du sätter dig och lipar.
Tänk istället.

Anders fortsatte sitta tyst. Elin stövlade iväg till sitt rum.

– Jaha, hej på dej du, hördes hon ryta till den italienska
polisen som satt sig på en stol i korridoren.

Anders begrundade det Elin just sagt. Hon hade givetvis rätt. De kunde ju försöka uträtta någonting trots att den lokala polisen, hängde på dem som en överrock.

TRETTIOTVÅ.

Karl-Fredrik vandrade oroligt av och an ute på tomatplantagen. Han hade inte kunnat sova. Han rökte oavbrutet, såg ut över dalarna och bergen och fingrade på sin revolver så fort han såg ljusen av en bil. Trots att han litade på Marco och att denne hade koll på läget, var han skör som ett torkat löv. Han hade tittat på en båt som skulle kunna ta dem från Palermo till Puerto Limón i Costa Rica. Där var det struntsamma om de blev påkomna då Costa Rica inte har något utlämningsavtal med Sverige. Marcos familj hade i och för sig flera lokala poliser i Palermo på sina lönelistor, men vad hjälpte det om Karl-Fredrik krävdes utlämnad till Sverige?

Julia var desto lugnare. Hon satt och flätade håret på Marcos lilla flicka.

Marco och Karl-Fredrik hade diskuterat olika upplägg. Antingen fick Karl-Fredrik och Julia gömma sig på plantagen, tills dess den svenska delegationen åkt hem för att sedan flytta vidare till Costa Rica, annars behövdes en ordentlig motoffensiv. En sådan var givetvis förenad med stor fara. Men faran varierade beroende på tillvägagångssätt. Att spränga deras bil var inget alternativ. Det medförde alldeles för stor risk att det skulle drabba oskyldiga, men framförallt dra till sig stor uppmärksamhet. Det skulle skrivas spaltmeter både i Sverige och Italien, om tre svenska poliser sprängdes i bitar under ett utlandsuppdrag.

Man började istället göra upp planer om en fälla. Hur man skulle locka poliserna till en speciell plats för att sedan få dem att försvinna. Planen utformades i takt med att kvällen gick.

Marcos son, Nikola, som var karabinjär till yrket, skulle kontakta Johansson och säga att han har upplysningar om Alessandro Motta, för att sedan bestämma träff med denne på plantagen. Där skulle Marcos män överrumpla poliserna, strypa eller skjuta dem, för att sedan lösa upp kropparna i syra. Marco var säker på att de skulle lyckas. Karl-Fredrik var betydligt mer skeptisk.

– Polisbevakningen då? sa Karl-Fredrik
– Vi ser till att Nikola tar över den.
– Okej, om de börjar ana oråd då?
– Det kommer de göra, men har de något annat val än att komma, Carletto?
– Nej, så är det väl. Men, press från hela Europa lär ju rapportera om det, när det uppdagas att tre svenska poliser försvunnit. Och myndigheterna kommer ju leta som likhundar.
– Låt dem skriva, låt dem leta! Poliser har försvunnit på den här ön i hundra år. Utan en kropp har de inget, det vet väl du. Du gjorde ju på samma sätt själv om jag inte missminner mig.
– Tänk om de hittar mig då?
– Lyssna Carletto. Efter att vi fångat dem så åker du till Sardinien i några veckor med Julia sen kommer du tillbaka till Palermo och allt är frid och fröjd igen. Förstår du? Vad fan är det med dig?
– Jag är rädd att Julia ska lämna mig om jag fortsätter begå brott.

- Hon kanske blir arg på dig men hon kommer förstå att detta är nödvändigt.
- Jo, du har nog rätt.
- Det är klart jag har rätt. Skärp till dig nu!

TRETTIOTRE.

Det ringde på Anders hotelltelefon. Han svarade.
- Anders Johansson.
- Hello. Is this chief inspector Johansson from Sweden?
- Yes, who's asking?
- My name is Nikola and I know the man you are looking for, Alessandro Motta or Karl-Fredrik Lundin, whatever you prefer to call him.
- Really? What can you tell me about him?
- Listen. We can't talk about this on the phone. We need to talk face to face.
- Where do you want to meet up?
- Take the elevator down to the garage of the hotel. I will send someone there to pick you up.
- Do you know about the sicilian police following us around?
- Yes. I am a Caribineri myself.
- I thought so. How do I know that I can trust you?
- You don't. But what choice do you have, chief inspector Johansson?
- What time will you be here?
- Seven o'clock tonight. Bring your friends. Ciao.

Klockan fem i sju stod polistrion i hissen. Bevakningen i korridoren hade varit utom synhåll och en försiktig känsla av positivitet hade spridit sig inom gruppen. Den som hade ringt hade trots allt medgivit att Alessandro Motta var densamme som Karl-Fredrik Lundin.

De kom ner i hotellets garage och såg sig omkring. Ingen hade ännu kommit, vad de kunde se. Det gick några minuter innan det kom en bil med den bekanta texten, *Carabinieri*, på.

Bilen stannade framför de tre svenska poliserna.

– Hurry, hurry, sa en man som satt i passagerarsätet.

De trängde in sig i baksätet och bilen åkte snabbt därifrån.

– So, you are the famous chief inspector Johansson? sa chauffören och tittade på Anders genom den inre back-spegeln.

– Yes, but you can call me Anders, which one of you is Nikola?

– It's me. I am Nikola, sa chauffören och fortsatte. This is Salvatore, my, how do you say… partner?

– Yes, thats right. This is Elin Bergström and Daniel Ivars-son.

– Nice to meet you Elin and Daniel.

– So, where are we going? frågade Daniel.

– You'll see eventually. You all don't mind being blindfol-ded, do you?

– Why blindfold? undrade Elin.

– Bescause you see the man you'll meet dosen't want you to know where he is. And he's really how do you say.. he takes his security very seriously.

Karabinären vid namn Salvatore räckte över tre snusnäs-dukar till den svenska polistrion.

– Vad i helvete är det här? You see i get very åksjuk. Vad heter åksjuk på engelska? I get very driving sick? sa Da-niel Ivarsson som inte till fullo riktigt behärskade vare sig bilåkning på krokiga vägar eller det engelska språket.

Italienarna skrattade. Svenskarna gjorde som de var ombedda att göra och Nikola körde både ryckigt och snabbt, och längs en smal serpentinväg bland bergen, fick de lov att stanna.

Daniel Ivarsson spydde som om det inte fanns någon morgondag. Italienarna fortsatte skratta åt honom.

– Jävla idioter, grymtade Ivarsson mellan hulkningarna.

– Come on already, Constaple Vommit, sa Salvatore och fick en uppmuntrande blick av Nikola.

Daniel Ivarsson var duktigt irriterad men satte sig återigen i bilen med snusnäsduken över ögonen. Nikola tryckte gasen i botten och satte gapskrattande på nytt av längs serpentinvägen.

Anders och Elin började också må lite tjuvtjockt, men Daniel var kallsvettig och skakade.

– Hur går det Daniel? frågade Elin försiktigt.

– Håll käften, väste Daniel Ivarsson tillbaka.

När de åkt i ungefär en timme, stannade bilen och de svenska poliserna ombads ta av sina ögonbindlar. Det var en vacker plats. Berg och dalar så långt ögat kunde nå. Salvatore sa åt dem att tömma sina fickor och lämna eventuella telefoner, plånböcker och dylikt i bilen. Anders anade oråd, men gjorde som han blivit tillsagd. Så gjorde även Elin och Daniel.

De gick mot en stor grind där två män med varsitt avsågat hagelgevär, stod posterade. På grinden satt även två övervakningskameror. Vakterna visiterade de tre svenskarna. Karabinärerna stannade vid bilen.

Grinden öppnades och där stod en stor, mustaschprydd man i femtioårsåldern med en solig utstrålning och öppna armar.

– Welcome, sa han och log sitt bästa leende.

Anders undrade vad syster Marianne på intensivvårdsavdelningen hemma i Ormboda, hade sagt om ett sådant smil. De gick fram till mannen och porten slog igen bakom dem.

– Hello, I am chief inspector Anders Johansson. This is my
  collegues, Elin Bergström and this is Daniel Ivarsson.

Den fete skakade hand med de båda manliga poliserna och kysste Elin på handen.

– My name is Marco, Marco Grivo.

Elin ryggade tillbaka när hon hörde efternamnet. Marco märkte det, och frågade direkt:

– Tell me girl, What do you know about the Grivo-name?

– I read a book a while back. About..

– About?

– About the Maxi Trial, the maxiprocesso.

– So you read about Giampaolo Grivo?

– Yes, are you related to him?

– Hahaha, Giampaolo Grivo was my father, but don't
  worry he's been dead for many years and I'm just a
  simple tomato farmer.

– Why did you want to see us mr Grivo? frågade Anders.

– Can we speak in private, mr Johansson?

– Yes, sa Anders, trots att han tyckte hela situationen kän-
  des konstig och olustig.

Två av vakterna eskorterade Elin och Daniel till varsitt rum.

– Come, mr Johansson. Join me for a walk.

De gick längs plantagen mot ett annat hus där en man syntes sitta i en stol och blicka ut över de stora fälten, fulla med färska, mogna tomater. Marco som sagt att han ville talas vid i enrum, sa ingenting ännu, utan promenerade lugnt, med händerna bakom ryggen. De gick förbi mannen som även han var beväpnad med ett gevär. De fortsatte in i huset och ut på en vacker terrass med milslång utsikt.

– Take a seat mr Johansson, sa Marco Grivo och pekade
på en stol.
– Okay.
– Do you want something to drink? Ice-coffe?
– Yes, please.
Marco gick iväg. Anders var på sin vakt, men kunde inte
låta bli att tycka att det var en förtjusande miljö. Doften
från tomaterna låg som en dimma över hela gården. Och
utsikten sen, herrejävlar.

Den fete, mustaschprydde mannen kom tillbaka med
två glas. Han räckte över det ena till Anders, och tog själv
en sipp från sitt glas.
– The carabineri-officer told me that you knew a man cal-
led Karl-Fredrik Lundin.
– Yes, chief inspector Johansson. Tell me. What do you
want to know?
– I want to know everything you know about him.
– Hahaha, then I don't know where to start. You see, Car-
letto was family to me. This farm once belonged to his
grandparents. I got to know him in the 80's.
– Do you know where he is? We know that the he faked
his death back in 2008, sa Anders och svepte sitt iskaffe.
– Haha yes! Did it take you fifteen years, to figure it out?
– Yes, unfortunaly.
Marco Grivo harklade sig.
– And now, you assume that he's here in Sicily, mr Jo-
hansson? sa han.
– Yes, I am sure of it. I know that he has brought his
daughter, Julia with him aswell. I know that he lives in
Palermo and that he changed his name to Alessandro
Motta. I guess it´s just a matter of time before we find
him.

Två långsamt klappande händer, hördes bakom Anders.

– Bra jobbat Anders Johansson, sa en mansröst.

Anders vände sig om och såg Karl-Fredrik Lundin i egen hög person. Det hade Anders inte räknat med i sin vildaste fantasi.

– Mina herrar, får jag göra er sällskap?

Anders insåg att alltsammans var en fälla, men försökte hålla sig så lugn och behärskad som möjligt.

– Javisst.

Karl-Fredrik sträckte fram en hand till Anders, som mötte den. Sedan tände Karl-Fredrik en cigarett och slog sig ned mitt emot honom. Med en revolver riktad mot den svenska kommissariens bröstkorg.

– Hej Anders, så fint att se dig. Säg mig, hur löste du det här?

– Jag trodde du var död, precis som alla andra. Sen tyckte jag jag såg dig i Sundsvall utanför *Hotell Knaust*. Jag trodde jag tappat förståndet helt. Men när vi låste upp en av telefonerna Jesper hade på sig när han dog, såg jag en bild på dig och alla tvivel försvann.

– Vad hände med min pojke? Varför? Varför dog han?

– Det tyder på att det var ett våldsamt ingripande som slutade olyckligt.

– Han blev alltså dödad av en av dina killar?

– Ja, det stämmer. Hur mår Julia?

– Kommer han komma undan med det? sa Karl-Fredrik och tog ett långt bloss av sin cigarett.

– Nej. Han har erkänt alltihop. Han sitter häktad i väntan på rättegång.

– Så han blir dömd för vållande till annans död på sin höjd, alltså?

– Nej, eller jo, kanske för Jespers död men han sköt även

en begravningsentreprenör. Så han kommer sitta inne en längre tid.

– Jaså, så det var Jespers kropp som blev stulen?

– Ja. Hur är det med Julia? Upprepade Anders.

– Julia ja, Det går ingen nöd på henne. Hon är fri att återvända till Sverige när hon helst önskar.

– Så hon följde med dig frivilligt?

– Mer frivilligt än jag själv. Jag tänkte faktiskt gå och överlämna mig till dig, medan jag ännu var i Sverige. Men Julia fick mig på andra tankar.

Anders började plötsligt känna sig väldigt trött, och yr.

– Ni har förgiftat mig va? frågade han.

– Ja min vän. Det kan du ge dig fan på att vi har. Men du ska dö med vetskapen om att jag hyser den största respekt för dig, Anders. Jag har alltid beundrats av ditt intellekt. Hans Bolinder, den buffeln, var inte hälften så smart som du. I ett annat liv hade du och jag kunnat vara goda vänner. Det här är dessvärre ett nödvändigt ont. Det tynger mig att behöva döda dig.

– Var är Elin och Daniel?

– Dina kollegor? De är med all säkerhet redan döda. De har strypts och kommer att lösas upp i syra. Vi har en tunna till dig också. Ingen kommer någonsin hitta er, kommissarie Anders Johansson. Sov gott.

– Ditt fega jävla kräk, flämtade Anders, samtidigt som han kämpade med varje andetag.

Anders försökte ställa sig upp. Han orkade inte, föll ihop halvvägs och slog i golvet. Det sista han såg var att en till person kommit ut på terrassen och att två skott brann av. Sen blev allting svart.

TRETTIOFYRA.

Elin följde motvilligt med vakten till ett litet rum, max 10 kvadratmeter totalt. Där väntade ytterligare en vakt. En naken glödlampa hängde i taket, en pinnstol stod på golvet och det luktade av ett starkt, kemiskt medel i rummet. Elin förstod att det var ett bakhåll. Innan hon hunnit reagera hölls hon fast av den ena mannen, medan den andra försökte trä en inplastad vajer runt hennes huvud. Hon slet och sparkade, men kunde inte få in en träff. De tvingade ned henne på stolen när hon med full kraft fick in en spark i skrevet på mannen framför henne så denne föll ihop som ett korthus. Den andre mannen, som fortfarande fumlade med vajern, blev så pass chockad att han tappade det i golvet och Elin fick några sekunders försprång. Hon sprang så fort hon förmådde längs tomatodlingarna, beredd på att när som helst bli nedskjuten. När hon kom förbi en lada hörde hon en röst som halvt ropade, halvt väste på svenska.

– Kom, göm dig här!

Elin tittade åt röstens håll och fick syn på Julia Lundin. Hon vek av och Julia räckte över en spade till henne.

– Ta den här. De är här när som helst.

– Tack, sa Elin förvånat.

De båda männen kom efter. Den ena var påtagligt påverkad av sparken och liksom lufsade, mödosamt fram. Julia och Elin övermannade dem och Elin drämde spaden i huvudet på den ena medan Julia hotade den andre med en grep. Vakterna gav upp. De båda kvinnorna tog vakternas vapen och Julia frågade vart hennes far var.

– Over there, sa den vakten Julia pekade på med grepen och pekade mot ett hus längre bort på plantagen.

– You stay here, sa Elin.

– We'll stay here, svarade en av vakterna.

Julia och Elin fortsatte bort mot huset. De såg en beväpnad man som höll vakt men lyckades passera denne, då han för ögonblicket var upptagen med sin telefon. Elin gick först och när de smög in i huset hörde de röster genom en dörr som ledde ut på en terrass. Elin insåg att det var bråttom. När hon kom ut på terrassen fick hon direkt ögonkontakt med Karl-Fredrik Lundin som greppade sin revolver och sköt två skott mot henne.

Elin lyckades med nöd och näppe hoppa undan.

– NEJ, NEJ, NEJ. HELVETE! skrek Karl-Fredrik.

Elin vände sig om och såg att Julia blivit träffad av skotten. Julia segnade ihop.

– Hjälp henne för fan! ropade Elin till Karl-Fredrik som skyndade fram till henne.

– Julia! Älskade Julia! Jag såg dig inte.

Elin såg Anders ligga medvetslös nedanför en plaststol.

– What have you done to Anders? ropade hon åt Marco.

Marco svarade inte.

– What have you done to him? frågade Elin på nytt men denna gång pekade hon på Marco med vaktens vapen.

– Gift. sa Marco på svenska.

– Ring två ambulanser, Fort som fan. Förstår du? Two ambulances?

Elin började vad man skulle kunna kalla en lekmannamässig magpumpning. Hon vände sig till Karl-Fredrik som var utom sig av oro för sin dotter.

– Hur går det?

– Jag vet inte! Hon andas i alla fall.

– Byt med mig, jag kan stoppa blödningen.

– Va?

– Byt plats med mig! Få honom att spy!

Karl-Fredrik gjorde som han blev tillsagd och bytte plats med Elin. Julia var träffad i magen och hade tuppat av, men pulsen var bra. Karl-Fredrik tryckte ned sina fingrar i Anders svalg så denne spydde.

Elin slet åt sig en bordsduk och rev av en bit av den. Det tog ett tag men hon fick i alla händelser stopp på den värsta blödningen.

Marco kom tillbaka. Strax efter kom två ambulanser och gården intogs av karabinjärer som arresterade alla vakter och personal som var på plats.

TRETTIOFEM.

Anders vaknade i en sjukhussäng i Palermo. Bredvid sängen satt Elin.

– Va? Vart är jag? sa han.

– Du är på sjukhuset, Anders.

– Vad hände?

– Vad minns du själv?

– Pastaprinsen kom, vi pratade om Jesper sen liksom somnade jag.

– Han räddade faktiskt livet på dig.

– Vad menar du?

– Vi tar det sen. Julia är också här på sjukhuset. Hennes läge är kritiskt men stabilt. Jag ska dra allt med dig sen.

– Danne då?

– Vi tar det sen. Vila nu.

– Han är död va?

– Vi tar det sen, säger jag.

– Svara på frågan, insisterade Anders.

– Ja, Danne är död. Marco Grivos män ströp honom ute på plantagen.

Anders blev tyst. Han kände sig dåsig, samtidigt som han försökte minnas vad som hänt. Han tänkte på Daniel Ivarssons familj och hade svårt att hålla tillbaka tårarna.

Elin lade sin hand på hans.

– Du måste vila nu, Anders, sa hon.

Plötsligt stod det en uniformerad man i dörren.

- Signore Johansson?
- Yes?
- My name is Franco Legrottaglie. I wanted to thank you in person.
- Thank me for what?
- For helping us in our struggle to prove that Marco Grivo was part of the Cosa Nostra. He has been on our list for a long time. We had'nt been able to get to him before you. I am sorry for your…
Anders avbröt honom.
- Mr Legrottaglie?
- Yes?
- Go fuck yourself.
Högst förnärmad och högröd i ansiktet lämnade Franco Legrottaglie rummet.

TRETTIOSEX.

Daniel Ivarsson begravdes i Ormboda kyrka i slutet av januari. Snön yrde i vinden och det var vinter på riktigt. Han lämnade efter sig en sambo och två barn. Anders Johansson satt bredvid Elin i kyrkan. Daniels bror var en av solisterna och framförde *Från balkongen, till himlen* och psalmen *Blott en dag.* Elin grät, Anders kände sig skyldig till allt elände som drabbat Daniel under hans sista tid i livet, inklusive hans död. Samtidigt kände han sig alldeles tom.

Anders och Elin slopade begravningsfikat och åkte in till stationen. Än fanns mycket att göra. Karl-Fredrik Lundin hade begärts utlämnad till Sverige och satt i häktet. Julia Lundin hade flyttats från Palermo till Universitetssjukhuset i Uppsala. En av kulorna hade träffat i mjälten, den andra hade med största sannolikhet varit dödande om den hade kommit några centimeter fel och träffat levern. Hon skulle få leva resten av sitt liv utan mjälte och även få stomipåse under en tid, men hon skulle klara sig fint ändå.

Från Palermo hade Anders fått en lista på alla som skulle åtalas där.

1. Marco Grivo, 54 år
2. Nicola Grivo(Peruzzi), 25 år
3. Salvatore Rocca, 33 år
4. Lorenzo Battiglia, 29 år
5. Gianfranco Battiglia, 29 år

6. Donnatella Laranta, 24 år

7. Leonardo Brocchi, 45 år

8. Tommasso di Torno, 47 år

9. Vincenzo Matri, 34 år

De italienska åklagarna önskade även få möjlighet att höra Karl-Fredrik Lundin. Man hade dock tagit hänsyn till att han gjort betydligt värre saker i Sverige och hade utan omsvep gått med på att skicka hem honom.

Det hade visat sig att Franco Legrottaglie och hans förband hade följt efter till tomatplantagen och gripit Nikola Grivo, som gått under efternamnet Peruzzi, som karabinjär, och Salvatore Rocca, så fort svenskarna var utom synhåll. Anders var fortfarande rosenrasande över att fått agera lockbete i sicilianarnas jakt på maffian. Det hade kostat hans kollega livet. Palermos borgmästare Roberto Lagalla hade skickat ett personligt kondoleansbrev till Ivarssons änka. Men Franco Legrottaglie hade ingen hört av sedan Anders och Elin träffade honom på sjukhuset. Han hade spelat ovillig till att hjälpa dem samtidigt som han till fullo utnyttjat läget. Så fort ambulanserna släpptes in på plantagen hade Legrottaglie varit beredd, vänt upp och ner på allting och sedan fått medalj av borgmästaren. Att Daniel Ivarsson fick sätta livet till verkade inte besvära honom nämnvärt.

Anders hade fram tills nu varit sjukskriven och ännu inte talat med Karl-Fredrik Lundin vilket han beslöt sig för att göra. Han tog med sin Good cop, Bad cop, kaffekopp-kopp samt en kopp åt Karl-Fredrik, fyllde kopparna och gick in till den fyllecell som fått agera häkte.

Anders öppnade dörren.

– Hej! Vill du ha kaffe?

– Hej, är det med eller utan koffein?

– Jag vet inte. Du lär hur som helst inte dö.

– Kul, Kommissarien. Kul.

– Ja, det var inte så pjåkigt va? sa Anders och räckte över en kopp till Karl-Fredrik.

– Slå dig ner.

– Tack. Jaha. Hur har du det?

– Om jag ska vara ärlig så känner jag mig lättad. Jag hoppas bara att Julia kan finna i sitt hjärta att förlåta mig.

– Har du pratat med henne?

– Nej, det har jag inte. Vet du hur det är med henne?

– Hon mår efter omständigheterna bra. Hon är i Sverige nu. I Uppsala på sjukhuset. Lars och Margareta Hansson är där. Hon kommer få stomipåse, under en tid och klara sig utan mjälte, men hon kommer kunna leva ett relativt normalt liv i alla fall.

– Jag har gjort så mycket ont i mitt liv, Anders. Men det finns inget jag hellre skulle ha ogjort. Jag skulle gått hit och överlämnat mig sist jag var här men Julia ville absolut följa med mig tillbaka till Palermo. Jag såg det som en chans att få spendera resten av mitt liv med min dotter. Förstår du?

– Varför räddade du mig? frågade Anders.

– För att din kollega behövde hjälpa Julia. Och jag var rädd att hon skulle låta henne dö om jag vägrade göra som hon sa. Hon gjorde stort intryck på mig, hon, Elin.

– Okej. Jo, det var en sak till. Jesper har ännu inte begravts. Du lär inte få gå på begravningen heller.

– Nej, det förstår jag.

– Men det är ordnat så du kan få möjlighet att själv ta adjö innan begravningen.

– Tack! Hur har de gått med på det?

- Tacka inte mig, det var Lars och Margareta Hansson
  som föreslog det.
- Jag förstår. Så omtänksamt av dem.
- Är det något du undrar över?
- Jag får livstid va?
- Tänker du tjafsa?
- Nej.
- Du kommer få livstid oavsett men sköter du dig kom-
  mer du kanske kunna leva dina sista år i frihet.
- Okej. Det var en sak till.
- Vadå?
- Kan du säga åt den där förbannade kocken att sluta
  bryta av spagettin?
- Haha, jag ska se vad jag kan göra.

TRETTIOSJU.

Karl-Fredrik dömdes till lagens strängaste straff, livstids fängelse, av Nedre Norrlands Tingsrätt och placerades på Kumlaanstalten. Han dömdes för:

4 fall av mord.

9 fall för anstiftan till mord.

Därtill berättade Karl-Fredrik även att han gjort sig skyldig till en rad brott som preskriberats.

Karl-Fredrik valde att inte överklaga Tingsrättens dom.

Karl-Fredrik och Julia återupptog kontakten och Julia hälsar regelbundet på tillsammans med Lars och, eller Margareta Hansson.

I och med rättegången vändes hela världens blickar mot händelserna i Ormboda och Palermo och Karl-Fredrik Lundin blev känd som en av världens ondaste människor. Tidningarna skrev kilometervis med text och den lilla polisstationen i Ormboda blev nedringd resten av året.

I september avled en annan intern efter oklara omständigheter. Internen var den före detta polismannen Stefan Lahti som hittades död i sin cell dagen efter en besöksdag på Kumlaanstalten. Dödsfallet klarades aldrig upp.